TARA SIVEC

SOTERRADA

Traduzido por Malu Garcez

1ª Edição

EDITORA

2023

Direção Editorial: **Revisão Final:**
Anastacia Cabo Equipe The Gift Box
Tradução: **Arte de Capa:**
Malu Garcez glancellotti.art
Preparação de texto e diagramação: Carol Dias

CIP-BRASIL. CATALOGAÇÃO NA PUBLICAÇÃO

S624s

Sivec, Tara
    Soterrada / Tara Sivec ; tradução Malu Garcez. - 1. ed. - Rio de Janeiro : The Gift Box, 2023.
    180 p.

    Tradução de: Bury me
    ISBN 978-65-5636-264-9

1. Romance americano. I. Garcez, Malu. II. Título.

CDD: 813
CDU: 82-31(73)

Para James –
Obrigada por acreditar em mim. Sinto muito caso esta leitura o faça temer por sua vida quando você pegar no sono antes de mim. Durma com um olho aberto. Brincadeirinha! Ou não.

"Todas as coisas realmente perversas têm início na inocência."
– Ernest Hemingway.

PRÓLOGO

Verão de 1965

Forço ainda mais as minhas pernas, meus pés descalços batendo contra a terra molhada e espalhando água das poças, enquanto corro em ziguezague pelas árvores, com as luzes de segurança brilhantes ao redor da propriedade guiando meu caminho para dentro da mata. Galhos e folhas batem em meu rosto e cortam meus braços, mas ignoro as pontadas de dor, afastando-as e correndo mais rápido. Uma chuva gelada me encharca, escorrendo pelos meus olhos, e uma sequência barulhenta de trovões ressoa, mas ainda posso ouvir os gritos raivosos vindos de trás de mim, não muito distantes.

Eu preciso continuar. Se for pega, estou morta.

Enquanto me movo mais para dentro da floresta, as luzes fluorescentes que me guiam desaparecem, mergulhando-me em uma escuridão profunda. Tropeçando na raiz de uma árvore, dou de cara no musgo e meu corpo se estremece em protesto, a dor atravessando meu corpo.

Sem tempo para a dor, sem tempo para descansar. Continue.

Passos ecoam pelo musgo, chegando cada vez mais perto, a voz ficando cada vez mais furiosa ao gritar ameaças para mim. Esforço-me para sair da sujeira e continuo correndo. Os relâmpagos lançam lampejos de iluminação, então tenho alguma ideia de para onde ir.

Não é justo. Eu fiz a coisa certa, mas ninguém nunca vai se convencer disso. Segredos nunca permanecem enterrados — eles deveriam saber disso. Tantas mentiras, tanta dor e eles simplesmente *não se importaram*. Consertei as coisas e agora vou ser punida por isso.

— *Você vai pagar pelo que fez!*

A voz furiosa ecoa pelas matas, me incentivando a continuar, apesar de eu não conseguir recuperar o fôlego e meus músculos vacilarem a cada passo que dou. A floresta se torna densa até que eu não consiga ver nada além de escuridão em volta de mim. A luz não penetra mais as copas densas e freio meus passos antes de bater em uma árvore. Prendendo a respiração, espero e escuto, meu coração martelando no peito.

Não há mais gritos nem passos pesados, apenas a chuva batendo nas árvores e no musgo que cobre o chão em volta de mim. Aguardo por alguns segundos.

Apenas silêncio.

O alívio toma conta de mim. Está escuro demais, molhado demais, há musgo demais e está difícil encontrar alguém que fará de tudo para escapar. Meu alívio súbito dá lugar à raiva. Anos de dor, humilhação e cicatrizes que nunca irão cicatrizar, e apenas porque os forcei a ver as consequências de suas mentiras, eu serei jogada de lado mais uma vez, como se não fosse nada para eles.

Um galho se parte à minha esquerda e a adrenalina que corre pelo meu sistema nervoso me força a virar para confrontar o monstro na floresta. Semicerro os olhos e consigo discernir uma silhueta na escuridão, mas é diferente daquela que estava me perseguindo. Talvez eu não vá morrer aqui. Deveria estar feliz por não estar mais sozinha na mata com algo maligno às minhas costas, mas não estou. Mesmo que por um bom motivo, fazer coisas ruins sempre traz consequências.

Antes que eu possa ordenar que meus pés se movam em direção à silhueta — das duas opções, a mais segura —, ouço outro som na direção oposta e, ingenuamente, viro a cabeça. Algo sólido e pesado atinge meu crânio e consigo sentir que estou caindo. A escuridão cresce à minha volta uma última vez, cobrindo meus olhos, tampando meus ouvidos e roubando o ar dos meus pulmões.

As coisas nunca mais serão as mesmas.

Nada voltará a ser bom novamente.

Tudo será ruim.

Ruim

Ruim

Ruim.

CAPÍTULO 1

— Ravenna, como é bom te ver por aqui!

Estou parada no caminho que leva ao bloco leste de celas com o enorme molho de chaves que meu pai segura ao destrancar o corredor no primeiro andar ecoando no cômodo cavernoso. Por mais estranho que pareça, minha família mora em uma prisão. Tenho certeza de que deve ser uma pegadinha bastante engraçada, considerando meu atual estado mental e as memórias que minha cabeça mantém convenientemente escondidas de mim, mas não estou tão maluca a ponto de achar graça em nada disso. A Penitenciária Estadual Gallow's Hill, construída em 1886, é onde minha família vive desde que meu pai foi contratado como diretor há vinte anos. Ele foi trazido devido a um processo coletivo movido pelos prisioneiros, alegando condições desumanas e abuso dos guardas e do ex-diretor. Mesmo com as mudanças positivas realizadas por meu pai e com os novos regulamentos criados para resguardar os presos, o Estado intercedeu a favor deles e a Penitenciária Gallow's foi forçada a fechar suas portas durante cinco anos após ele assumir o cargo.

— A próxima visitação pela instalação é em trinta minutos e Ike ainda não apareceu. Quantas vezes você me disse para demiti-lo e contratar um novo guia mesmo?

Meu pai gargalha, puxando uma pesada alavanca de ferro, e toda a fileira de portas de celas enferrujadas lentamente se abre. Gostaria de conseguir rir e compartilhar a piada com ele, mas a verdade é que já perdi as contas de quantas vezes tive esta mesma conversa com ele no passado. Inconscientemente, minha mão vai até a testa e as pontas dos meus dedos arranham a pequena gaze presa ali com fita médica. De acordo com meus pais e o médico, o inchaço escondido embaixo da gaze branca é o culpado pela confusão e pela inquietação geral que venho sentindo desde que acordei há dois dias.

Sentada sozinha em meu quarto ao longo dos últimos dias, sem nada para ocupar meu tempo enquanto me recuperava, tentei forçadamente trazer à tona as memórias que foram enterradas profundamente em meu subconsciente. Cenas da minha vida passavam diante dos meus olhos em momentos aleatórios, cada uma tão confusa e flutuante que assim que eu tentava segurar alguma, elas desapareciam num piscar de olhos.

Ao entrar no vasto corredor, passo por meu pai e olho dentro de cada cela, enquanto vou andando e pensando em todos os criminosos que estiveram aqui tempos atrás e no motivo de meu pai ter feito tanta questão de nos fazer morar aqui após a prisão ter fechado. Por não ter mais parentes para nos ajudar, nem outras propostas de emprego em vista, meu pai convenceu o Estado a transformar as instalações em uma atração turística com um site histórico. Nós podíamos continuar morando nas dependências ligadas à prisão desde que meu pai concordasse em administrar a manutenção e as atividades de turismo. Como há pessoas ao redor de todo o mundo que são fascinadas com histórias de penitenciárias, assim como há pessoas que acreditam nos boatos de a mesma ser assombrada, os ingressos para as visitações estão sempre esgotados. Isso deixa o Estado feliz, porque o dinheiro que este lugar traz é um bom valor para eles, e deixa o meu pai feliz, porque sempre temos um telhado sobre nossas cabeças, independente de quão estranhas sejam as coisas debaixo dele.

O barulho dos meus passos no piso de cimento ecoa pelo cômodo enorme. Ao passar, observo o sol poente entrar pelas janelas altas, iluminando com um brilho laranja cada um dos cinco níveis que espelham o primeiro andar. Inúmeras fileiras de portas de celas enferrujadas se estendem à minha frente, até onde minha vista pode alcançar. A única diferença nos andares acima é a adição de grades de metal que protegem as pessoas de caírem em direção à morte enquanto caminham ao longo da estreita saliência de um metro que se estende em frente às celas.

Paro em frente a uma delas e olho para dentro do pequeno cômodo sombreado. Tudo no presídio foi mantido exatamente como era ao ser fechado para manter a excentricidade e fazer com que os visitantes continuassem aparecendo. Algumas celas estão em piores condições do que outras — desde paredes de pedra em ruínas até buracos feitos no chão em uma tentativa de consertar o encanamento —, mas, em sua maioria, cada cela contém um vaso sanitário, uma pia e a estrutura de metal de um beliche. Algumas até contém desenhos grosseiros, pedidos de ajuda gravados ou palitinhos riscados indicando quantos anos o morador anterior passou ali dentro.

Na parede logo acima do vaso sanitário da cela em que estou em frente, um rosto satânico me encara, adornado por chifres e uma língua bifurcada saindo da boca. As palavras "você vai pagar pelos seus pecados", escritas diretamente acima do rosto, fazem meu coração acelerar, mas não por medo. Uma risada borbulha em minha garganta e preciso tossir para segurar minha reação anormal a este desenho de causar pesadelos, a que eu sinto que já encarei centenas de vezes anteriormente. Está gravado em meu cérebro e quase consigo sentir a sensação de traçar as palavras na pedra gelada com a ponta dos dedos.

A voz de meu pai interrompe meus pensamentos.

— Você está bem, Ravenna? Não consigo nem me lembrar de qual foi a última vez que você esteve em um dos blocos de celas.

Parece estranho ouvir meu pai dizer que não consegue se lembrar de mim por aqui. Eu sabia que aquele desenho ficava naquela cela em questão e fui direto até ela sabendo que estaria lá. Há um senso de familiaridade aqui, como se eu tivesse ido e voltado por estas fileiras de celas centenas de vezes, memorizando cada uma. Afasto meu olhar das palavras que causam em mim uma vontade anormal de rir e olho para meu pai, que está vindo em minha direção.

— Mesmo quando conduzia as visitas, você ficava na porta para falar e deixava os visitantes explorarem por si próprios. Você dizia que essa área te dava arrepios e se recusava a entrar.

Acho que isso é mais a minha cara. Pelo menos é mais condizente com o eu que me disseram que sou, ao invés daquele que sente vontade de rir na cara do Satanás e de sua mensagem ameaçadora. Sei que eu deveria estar esfregando meus braços para me livrar de um arrepio, como uma pessoa normal faria ao encarar os pequenos cômodos onde os infratores mais violentos do Estado da época da Guerra Civil viveram e morreram, mas este é o problema. Eu não me sinto como uma pessoa normal. Não me sinto como a garota que todos me dizem incessantemente que eu sou.

— Essa é uma coisa que eu sempre amei em você — continua meu pai, olhando fixamente acima para uma das janelas altas. — Mesmo tendo passado a sua vida inteira aqui, você não cresceu imune ou indiferente a este lugar, como o resto de nós. Você ainda se sentia mal a respeito dos horrores que aconteceram aqui antes do seu tempo, e eles te afetaram profundamente. Você sentia tudo muito mais do que qualquer um que já conheci.

Eu tenho dezoito anos de idade e sou a única filha do senhor e da senhora Tanner Duskin. Meus avós eram imigrantes russos e se mudaram com a família para os Estados Unidos para dar a eles uma vida melhor quando meu pai era apenas um bebê. Eu me formei como a melhor da turma no Ensino Médio no mês passado e ganhei uma bolsa integral para estudar literatura na Universidade Brown. Era a presidente de todos os clubes acadêmicos dos quais me permitiram fazer parte e tenho um número bem limitado de amigos, porque alguém com minha agenda extracurricular não tem tempo para um grupo grande de pessoas em minha vida que pudessem ser uma distração. Uso roupas sóbrias que não chamam a atenção para mim, e meu cabelo preto longo está sempre envolto em uma trança firme que desce até o meio das minhas costas. Tenho a pele clara de minha mãe, olhos verdes brilhantes e natureza trabalhadora e disposta de meu pai. E, pelo visto, sou profundamente afetada pelas coisas que aconteceram neste presídio.

Estes fatos superficiais são os que me contaram sobre mim mesma nos últimos dias, quando acordei em estado de confusão por ter passado dois dias em coma. São uma lista de características minhas, dadas a mim pela minha mãe como se ela estivesse lendo uma lista de supermercado.

"Nós precisamos de ovos, leite e pão. Você tem os meus olhos, uma cabeça boa e é a filha mais perfeita que alguém poderia querer."

Esta é a razão pela qual eu parei de fazer perguntas e comecei a fingir que não há nada de errado com meu cérebro confuso. Estes são os fatos que me foram contados e as únicas verdades que alguém vai me contar sobre mim mesma. Esta é a garota que meus pais criaram e a quem depositaram todos seus sonhos e esperanças.

Esta também é a garota de quem meu pai fala no passado, como se ela não existisse mais, mesmo eu estando a um passo de distância.

— Acho que vou voltar para o meu quarto antes que alguém chegue aqui — digo a meu pai, mantendo meus olhos nele ao invés de voltar o olhar para dentro da cela, que é para onde eles gostariam de ir.

— É uma boa ideia. Você teve uns dias difíceis.

Ele se afasta da janela e abre os braços para mim. Hesito por um momento antes de andar em direção a eles. Quando o faço, enterro o rosto nas lapelas de seu paletó preto e inalo seu cheiro: menta, das balinhas que ele sempre mantém nos bolsos internos, e uma fumaça leve e frutada do cachimbo que ele fuma quando minha mãe não está em casa, e isso justifica as balinhas de menta.

Meu pai é um homem alto e minha bochecha mal alcança seu peito quando passo os braços ao redor de sua cintura. Dezoito anos de abraços, dezoito anos de conforto, e ainda assim parece que esta é a primeira vez que ele me abraça tão forte.

Uma onda de ansiedade me atinge e, ao invés de me sentir confortável nos braços de meu pai, sinto-me presa e claustrofóbica. Rapidamente me afasto de seu abraço e dele. Forço um pequeno sorriso no rosto antes de me virar e andar rapidamente pela porta que me leva para fora do bloco de celas. Uma vez que estou fora da vista de meu pai, apresso o passo e corro através dos cômodos e corredores que fazem interseção com eles, me levando para longe da área central do presídio para o saguão onde posso subir as escadas que levam aos nossos aposentos.

Passo pelas guaritas dos guardas, pelos chuveiros e pelos escritórios administrativos, todos vazios com tinta descascando nas paredes, teias de aranha e uma estranheza sutil que os ronda. Conheço o caminho destes corredores como a palma da minha mão e sou capaz de recitar a história e os atos violentos que aconteceram em cada cômodo, mas não consigo explicar porque acordei coberta de hematomas e arranhões, com uma dor de cabeça que, dois dias depois, permanece atrás dos meus olhos.

Virando na última esquina que me levará ao corredor principal pelas portas da frente e pela loja de presentes, meu corpo se choca contra algo sólido e eu tropeço para trás. Mãos fortes envolvem meus braços, me puxando para frente antes que eu caia de bunda no chão. Olhando para cima rapidamente, encontro um belo par de olhos azuis. Eles me hipnotizam por alguns segundos até que as mãos segurando meus braços de repente me afastam. Encaro o homem que está à minha frente, sentindo uma faísca de familiaridade quando olho para ele. Ele aparenta ter cerca de vinte anos e está usando uma calça jeans gasta e uma blusa de banda velha coberta de manchas de sujeira. Seu cabelo loiro tem um corte curto nas laterais e maior no topo, com alguns tufos desgrenhados caindo em um de seus olhos enquanto olha para mim. Mesmo com uma mecha grossa de cabelo obscurecendo parte de seu rosto, ainda consigo ver seus olhos se estreitando aborrecidamente em minha direção.

— Você deveria prestar atenção por onde anda, Ravenna. Não pode se dar ao luxo de sofrer mais acidentes.

Sinto meu rosto esquentar com suas palavras e sei que minha pele pálida está ficando vermelha. Ele obviamente sabe quem eu sou, mas a expressão irritada em seu rosto ao me encarar faz eu me perguntar se é uma boa ideia conhecê-lo.

Meu coração começa a bater mais rápido e ele continua me encarando sem dizer mais nenhuma palavra. Sinto um tremor atravessar meu corpo e meus braços se arrepiam. Tudo aquilo que eu deveria sentir no bloco de celas de repente se manifestou só pela forma como este homem está me encarando, e estou congelada de medo. O calombo em minha cabeça de repente começa a doer e tenho um breve lampejo de mim correndo pela floresta no meio da noite, coberta de chuva e lama. Engasgo-me audivelmente, mas, assim que tento acessar minha mente para alcançar mais desta memória, ela desaparece instantaneamente e meu cérebro se desliga.

— Nolan, o que você está fazendo aqui?

Pulo em sobressalto quando ouço a voz irritada de meu pai vinda de trás de mim, e afasto meu olhar do homem que está à minha frente para virar a cabeça. Meu pai está parado no corredor com as mãos nos quadris e uma sobrancelha levantada interrogativamente.

— Só estou trazendo algumas flores novas, como você pediu. Tem um vaso próximo à caixa registradora na loja de presentes e outro na sala de artefatos.

Meu pai assente, cruzando os braços.

— Então não precisa ficar vagando aqui dentro. A grama ao redor do lago precisa ser aparada hoje.

O braço de Nolan encosta no meu quando ele passa ao meu redor, indo em direção ao meu pai, causando uma nova onda de arrepios em mim. Meu pai desvia do caminho para deixá-lo sair pela grande porta de madeira de quatro metros de altura que leva ao lado de fora. Eles compartilham um olhar silencioso quando Nolan passa, pisando na varanda da frente antes que a porta pesada se feche.

Quando ficamos sozinhos no corredor, meu pai suspira pesadamente antes de se virar para olhar para mim.

— Quem era aquele cara? — pergunto, esfregando as mãos nos braços para tentar espantar o frio.

— Você não se lembra de Nolan?

Balanço a cabeça negativamente e meu pai enterra as mãos nos bolsos da frente de sua calça preta, seu rosto mostrando um lampejo de alívio com a minha resposta, o que me faz querer fazer uma centena de perguntas. E todas elas, tenho certeza, não serão respondidas da maneira como preciso.

— Ainda bem que não se lembra. O nome dele é Nolan Michaels e ele é zelador daqui há quase dois anos. Ele tem alguns... problemas. E você sempre foi muito boa em me ouvir quando eu lhe dizia para ficar longe dele. Confio que vai manter isso em mente enquanto se recupera, certo?

Ele faz soar como uma pergunta, mas consigo dizer pelo tom de sua voz que só está fazendo isso para ser educado e aquela é uma ordem a que eu devo obedecer. Não gosto muito que me digam com quem eu posso ou não conversar, principalmente quando tenho tantas questões e lacunas em minha memória que nem ele, nem minha mãe, estão dispostos a preencher com informações úteis. Se Nolan me conhece há dois anos, mesmo que eu nunca tenha sido autorizada a me aproximar dele, deve saber alguma coisa sobre o que aconteceu.

De acordo com o médico, o fato de meus pais serem vagos e não encherem a minha cabeça com a opinião *deles* sobre o que aconteceu vai me ajudar a chegar à verdade por conta própria. É um sacrifício fazer com que um deles revele informações para mim, então a ideia de que pode haver alguém de fora que pode lançar luz sobre as coisas me enche de entusiasmo, mesmo que meu primeiro instinto com Nolan seja correr para o lado oposto.

A campainha ressoa pelo corredor, indicando que os primeiros visitantes chegaram. Com minha dor de cabeça lancinante ficando mais forte a cada vez que tento fazer com que as coisas façam sentido em minha cabeça, viro-me e tiro a pesada corda de cetim que bloqueia a passagem das escadas que levam aos nossos aposentos, colocando-a de volta rapidamente e correndo pelos degraus ao ouvir as vozes altas encherem o corredor enquanto meu pai cumprimenta o grupo de visitantes.

Chegando ao topo das escadas, ando pela sala de estar, olhando em volta para os cinco cômodos que a rodeiam — o quarto dos meus pais, o escritório do meu pai, uma cozinha, um quarto extra e, finalmente, o meu quarto. Parada na entrada dos meus aposentos, encaro o cobertor cor de rosa dobrado em cima da cama e a tinta rosa que cobre minhas paredes. Ergo o queixo em determinação, marcho em direção à minha cama e arranco o cobertor de cima dela. Faço o mesmo com o conjunto de lençóis combinantes e as fronhas de travesseiro, até que há uma grande pilha de roupas de cama de algodão no canto do meu quarto, remetendo a uma nuvem fofa cor-de-rosa. Odeio essa cor, mas, de acordo com o que minha mãe me disse e com o tom de algodão-doce que está em todas as direções que olho, é minha favorita desde que nasci.

Eu me jogo na cama desfeita e encaro o teto, me perguntando se um dia terei coragem para abordar Nolan e fazer algumas perguntas a ele. Cruzo os braços e me encolho quando as palmas das minhas mãos pressionam a área do meu braço em que ele segurou quando esbarrei nele. Descruzando os braços, estendo um deles diante de mim, traçando as suaves marcas vermelhas que seus dedos deixaram na pele pálida do meu bíceps. Meus dedos traçam um caminho que vai do meu braço ao meu pulso, por cima dos hematomas que estão lá desde que acordei há dois dias e só agora estão começando a mudar de um roxo intenso para o amarelo. Eles são exatamente do mesmo tamanho e formato que as marcas na parte superior do meu braço e rapidamente coloco minhas mãos no colchão, respirando fundo algumas vezes.

Começo a recitar suavemente as coisas que devo acreditar que são verdades.

— Meu nome é Ravenna Duskin. Tenho dezoito anos de idade e moro em um presídio. Amo a cor rosa e meus pais nunca mentiriam para mim. Meu nome é Ravenna Duskin. Tenho dezoito anos de idade e moro em um presídio. Amo a cor rosa e meus pais nunca mentiriam para mim.

Sussurro essas palavras de novo e de novo, até que não consigo mais ignorar a exaustão que toma conta de mim e minhas pálpebras começam a pesar devido ao sono, enquanto meu quarto cai nas sombras à medida que o sol se põe ao longe. Deixo meus olhos se fecharem e tento não temer a escuridão que toma conta da minha visão.

— Meu nome é Ravenna Duskin. Tenho dezoito anos de idade e moro em um presídio…

CAPÍTULO 2

— Isso dói em mim tanto quanto dói em você. Apenas se acalme e logo acabará.

A voz me enche de raiva, mas, antes que eu possa colocar minha raiva para fora, um choque excruciante dispara pelo meu corpo, me curvando de volta e paralisando minhas pernas. A dor é tão intensa que sinto vontade de chorar, mas nunca vou demonstrar este tipo de fraqueza. Concentro-me no som da eletricidade que toma conta do cômodo, imaginando todas as formas como irei me vingar em breve.

De repente, o silêncio preenche o lugar e meu corpo colapsa de volta contra a mesa com tremores sacudindo-o como efeito colateral do choque.

— Se você aprendesse a controlar seus impulsos, eu não precisaria fazer isto com você.

Eu encaro com raiva o rosto que está inclinado sobre mim, desejando que não houvessem amarras de couro prendendo meus braços e pernas para que eu pudesse passar as mãos em volta daquele pescoço magro e apertar até ver a vida se esvaindo dos olhos escuros e frios.

— Sei que você me odeia, mas isto é para o seu próprio bem. Você precisa parar de ser tão ruim.

Ouvi essas palavras tantas vezes ao longo dos anos que elas não significam mais nada para mim. Não posso mudar quem sou. Não posso mudar a forma como me sinto. Não importa o que façam comigo, nada mudará quem sou.

— Você vai parar de ser ruim?

Meus olhos se estreitam e direciono cada átomo de ódio que posso ao rosto acima de mim, incapaz de falar devido ao mordedor em minha boca.

Um suspiro profundo preenche o cômodo.

— Que seja.

Mordo o mordedor de plástico com mais força e me recuso a fechar os olhos quando o mostrador aumenta e um cantarolar começa a percorrer a sala. Todas as vezes que isso é feito comigo, tenho que ouvir o cantarolar daquela maldita música. A música da minha infância, que costumava me acalmar, mas agora só me enche de raiva.

O estalo e o zumbido do aumento da energia fazem as luzes piscarem acima da minha cabeça e o botão é pressionado mais uma vez. Apesar de estar preparada para a dor, ela ainda me faz perder o ar ao percorrer meu corpo. Cada parte de mim, da cabeça aos pés, se acende em agonia, como se eu estivesse pegando fogo de dentro para fora. Meu corpo se contrai e convulsiona, se batendo contra a mesa de metal abaixo de mim.

Não importa o tanto que eu tente lutar contra, lampejos de luz piscam atrás de meus olhos até que não vejo nada além de escuridão e colapso de volta contra a mesa, e meus últimos pensamentos são de dor, tortura e morte. Mas não direcionados a mim. Estes pensamentos são exclusivamente para as pessoas que fizeram isso comigo.

Cada uma delas.

Eu me enrolo na cama, um grito alto e penetrante preenchendo o quarto, e percebo que está vindo de mim. Coloco uma das mãos sobre minha boca para silenciar a mim mesma e olho ao redor freneticamente, tentando me lembrar de onde estou e o que me acordou. Meu coração bate com força no peito, enquanto os raios de sol brilham através de minha janela e vão diretamente até minha cama, aquecendo meu corpo frio. Os resquícios do meu sonho desaparecem antes que eu possa me agarrar a algum deles para me lembrar. Olhando para mim mesma, percebo que estou usando as mesmas roupas de ontem à noite, mas agora elas estão grudando em meu corpo, porque estão encharcadas de um suor gelado.

Quando jogo as pernas para a lateral da cama, minha porta se abre de repente e minha mãe está parada na entrada com um olhar preocupado no rosto. Seu cabelo, que um dia foi tão preto quanto o meu, é marcado por alguns fios brancos e está puxado para trás em um coque baixo e bagunçado. A julgar pelo casaco azul-claro com pequenas flores cor-de-rosa que ela está usando por cima de sua camisola, que está abotoada toda errada, presumo que a acordei com meus gritos e que ela a vestiu correndo para vir até mim.

— Ravenna, você está bem? Achei que tinha te ouvido gritar.

Sua voz calma traz lágrimas aos meus olhos, enquanto eu a olho do outro lado do quarto, me encarando com muito amor e preocupação. Pisco para afastar as lágrimas e engulo o nó em minha garganta, e ela se apressa em direção à cama e se senta perto de mim. Passa um braço pelas minhas costas e me puxa em sua direção, usando a mão livre para gentilmente deitar minha cabeça em seu ombro. Ela nos balança devagar de um lado para o outro e, justamente quando começo a fechar os olhos e relaxar, ela começa a cantarolar. Depois do primeiro verso, o cantarolar se transforma nas palavras que acompanham a melodia.

— *Nana, neném, que a Cuca vai pegar...*

Suas palavras suavemente cantadas me causam uma explosão de raiva que eu não compreendo. Aperto as mãos em punhos no colo e a dor causada pelas minhas unhas cravando as palmas afastam a vontade súbita que tenho de passá-las pelo pescoço dela e apertar o mais forte que eu puder.

O que está acontecendo comigo? O que diabos está acontecendo?

Afastando-me dela, levanto da cama e corro para o outro lado do quarto, onde fica meu guarda-roupas. Recusando-me a virar e olhar para ela, abro a gaveta para pegar roupas limpas.

— Eu vou tomar um banho — explico com pressa, pressionando as roupas contra o peito e correndo para o banheiro pequeno que fica em meu quarto. Corro para a porta e uso minhas costas para fechá-la atrás de mim. Quando fico sozinha, deixo escapar um suspiro de alívio e largo as roupas no chão, aos meus pés. Sem querer pensar no que acabou de acontecer em meu quarto, atravesso o banheiro e ligo o chuveiro, torcendo para que a água quente leve os pensamentos inquietos e as sensações estranhas que estão tomando conta de mim.

Quando saio do banho, quinze minutos depois, me sinto mais leve e mais tranquila. Enrolo-me na toalha e abro a porta do banheiro. Há vapor ao meu redor quando saio do piso de pastilhas para o piso de madeira do quarto. Sobressalto em surpresa quando vejo que minha mãe ainda está sentada na cama, onde a deixei. Ela se vira de costas para mim por um momento e noto que está limpando rapidamente as lágrimas que vi em sua bochecha quando entrei no cômodo. Quando se vira de volta para mim, ela é só sorrisos ao dar tapinhas na cama, ao seu lado, e segurando uma escova de cabelos na outra mão.

— Sente-se e vou fazer uma trança em seu cabelo.

Meus pés se movem roboticamente ao atravessar o quarto e enrolo a toalha mais forte ao redor do corpo, me sentando de costas perto dela. Enquanto ela escova meu cabelo e começa a separar as mechas no topo da minha cabeça para começar a trança, fecho os olhos e deixo a sensação de seus dedos escorregando pelos meus cabelos molhados tomar conta de mim. Ao terminar e amarrar a ponta da trança com um elástico, ela dá tapinhas no meu ombro e sinto a cama se mexer quando ela se levanta. Levanto-me junto e caminho até o espelho acima da minha cômoda para encarar o meu reflexo. Minha mãe aparece atrás de mim e descansa suas mãos em meus ombros nus.

Odeio meu cabelo amarrado para trás, mas, por algum motivo, não digo isso a ela. Está apertado demais e faz minha cabeça doer, mas todas as manhãs, desde que acordei desorientada, minha mãe passou a vir até o meu quarto e insistiu que eu sempre usei meu cabelo assim. Faço como ela diz, já que todos me dizem que preciso voltar à rotina que tinha antes do acidente, mas não consigo suportar a visão que está à minha frente.

— Você está linda — ela me diz, com um sorriso, e continuo encarando a garota no espelho, a quem eu mal reconheço.

— Odeio meu cabelo assim — admito para ela de repente, em uma explosão de confiança.

O sorriso dela vacila por um momento antes de voltar maior e mais reluzente do que nunca.

— Imagina! Você odeia ficar com o cabelo caindo no rosto. Eu faço tranças em seu cabelo todas as manhãs desde que você era uma garotinha. É assim que *deve* se parecer uma jovem adulta adequada.

Meus pensamentos recentes de querer machucá-la fazem com que eu me sinta tudo, menos adequada.

Ela se vira de costas para mim e anda em direção à porta, e continuo encarando meu reflexo com vontade de tirar o elástico da trança e bagunçar o cabelo até que ele seja um emaranhado ao redor do meu rosto.

— Ah, quase me esqueci — acrescenta minha mãe, parando na porta. — Truddy vai passar por aqui hoje para te ver.

Eu me viro, encarando-a de forma vazia, e ela morde o lábio inferior em preocupação.

— Você se lembra de Truddy, não lembra?

Truddy Marshall: dezoito anos, cabelo loiro e minha amiga desde o ensino fundamental.

Sorrindo alegremente para minha mãe, eu assinto.

Eu odeio Truddy. Ela é uma vadia esnobe que se acha melhor do que eu e quer tudo que é meu.

O pensamento maldoso em minha cabeça faz meu sorriso vacilar, mas o coloco de volta no lugar para que minha mãe pare de me olhar como se eu fosse louca. Truddy é minha amiga. Ela é uma das minhas únicas amigas e nunca achou estranho que eu morasse em um presídio, como tantas outras pessoas. Não faço ideia de onde veio aquele pensamento e não gosto disso.

— Ela tem estado tão preocupada com você — continua minha mãe. — Queria ter vindo antes, mas, durante alguns dias, o seu pai não permitiu visitas para que você pudesse descansar. Por que não coloca um vestido bonito enquanto eu faço uma limonada fresquinha e sanduíches para vocês duas?

Eu assinto distraidamente e ela fecha a porta com gentileza atrás de si, me deixando sozinha.

Eu deveria estar empolgada por alguém estar vindo me visitar depois de ter passado os últimos dias me sentindo tão sozinha, mas alguma coisa sobre Truddy faz com que eu me sinta estranhamente brava por ter que vê-la. Minha mente está em guerra com os fatos que estão enraizados na minha cabeça sobre ela e um pensamento flutuante de que há uma razão para eu não gostar dela. Assim como todos os que passam pela minha cabeça, este não fica por tempo suficiente para que eu possa segurá-lo e examiná-lo.

Esfrego o rosto com as palmas das mãos em frustração, suspiro audivelmente e vou até o guarda-roupa procurar alguma coisa para vestir. O barulho metálico dos cabides deslizando na arara de roupas enquanto passo de um vestido feio para outro preenche o quarto. Metade das peças são de tons diferentes de cor de rosa, a outra metade é de cores variadas em tons pastel; eles são todos entediantes e mais adequados para uma mulher de cinquenta anos de idade do que para uma adolescente. Pegando o menos pior do cabide antes que eu tente achar uma tesoura e corte tudo que há neste armário em retalhos, seguro o vestido amarelo-claro à minha frente e observo. Sacudo a cabeça me dando por vencida, tiro a toalha e começo a me vestir.

Quando acordei neste quarto, há três dias, me senti como se não pertencesse a ele, apesar de me parecer familiar e de saber que ele era meu. Olhei para os meus pais, que estavam parados na beira da minha cama com olhares preocupados no rosto, e apesar de saber quem eles eram, lá no fundo eles pareciam estranhos para mim. Quando o médico me perguntou em que ano estávamos, eu sabia que era 1965. Sabia que tinha dezoito anos e sabia antes mesmo de me olhar no espelho, que tinha cabelos pretos e longos, olhos verdes e um corpo magro. Sabia a resposta para todas as perguntas que ele me perguntou sobre o presídio e sobre os meus pais, mas vacilava quando era questionada sobre o calombo em minha cabeça, e os arranhões e hematomas em meus braços. Quando comecei a entrar em pânico e passei a exigir saber o que havia acontecido comigo, me disseram para não me preocupar porque o que importava era que eu estava segura e que meus ferimentos iriam cicatrizar. Ninguém parecia entender que eu não estava nem aí para os cortes superficiais em meus braços, os arranhões em minhas pernas e o calombo em minha cabeça. Eu sabia que eles sumiriam com o tempo. O que me importava, e que ninguém parecia estar com a mínima pressa em me ajudar a entender, era o ferimento dentro da minha própria mente.

Eu continuo dizendo a mim mesma que só se passaram três dias. Três dias que alguma coisa aconteceu comigo e ninguém quer falar sobre isso. Uma parte de mim se pergunta se todos ao meu redor estão mentindo e sabem o que aconteceu. Que é alguma coisa tão terrível que, para o meu próprio bem, é melhor eu não saber. Sei que leva tempo e três dias não é muito, tendo em consideração a dimensão das coisas, mas a cada dia que passa eu fico mais confusa e sinto que tudo que sei é uma mentira. Nada está se encaixando e tudo parece errado.

É difícil acreditar que há três dias, no meio da noite, durante uma tempestade, eu estava sozinha na mata, nos limites do terreno. Meus pais dizem não saber porque eu estava lá fora. Eles não sabem o que aconteceu para eu ter me machucado e perdido partes das minhas memórias. Eu sou uma boa menina, eles me dizem. Sou uma menina adequada, que usa vestidos adequados e penteados adequados, mas uma boa menina não sai por aí vagando sozinha no meio do mato à noite, a não ser que esteja procurando confusão.

Uma boa menina não pensa em machucar a própria mãe.

Uma boa menina não sente vontade de arrancar uma trança perfeita da própria cabeça e gritar com seu reflexo no espelho.

Uma boa menina não quer picotar todas as roupas em seu armário porque elas não se parecem em nada com algo que ela usaria.

— Meu nome é Ravenna Duskin. Tenho dezoito anos de idade e moro em um presídio — recito para mim mesma, calçando um par de sapatos, e saio do meu quarto.

CAPÍTULO 3

Nossa moradia na Gallow's Hill é bem pequena se comparada a uma casa normal, mas, no geral, o prédio de seis andares e os 150 acres que o cercam também são, tecnicamente, considerados nossa casa, e esta pequena área é somente o lugar onde comemos e dormimos. É como viver em nossa cidadezinha particular.

A sala de estar e os quatro cômodos anexos estão lá desde que o prédio foi construído. Os diretores e suas famílias sempre moraram nos terrenos do presídio devido ao fato de ele ficar localizado tão longe de qualquer cidade grande. Antigamente, quando não havia carros ou outros meios de transporte mais rápidos, se houvesse uma emergência no presídio no meio da noite, era melhor ter o diretor aqui o tempo todo para resolvê-la do que esperar o tempo que levaria para trazê-lo.

Antes, os guardas e outros funcionários eram encarregados de garantir que a família do diretor tivesse tudo de que precisavam para viver confortavelmente, para que a família nunca precisasse sair para comprar coisas de mercado ou outros suprimentos. Durante os primeiros anos da minha vida, quando Gallow's Hill ainda era um presídio em funcionamento, meu pai mandava os guardas saírem para comprar decorações de aniversário, presentes de Natal, materiais escolares e tudo o mais que queríamos ou precisávamos. Era como ter mordomos para atender às nossas ordens e nos tornamos muito mimados. Depois que o presídio fechou as portas e foi transformado em um edifício histórico, não tínhamos mais ninguém para fazer as coisas por nós e minha mãe ficou encarregada de todas as tarefas, que recaíram sobre mim assim que tive idade suficiente para dirigir.

Ainda assim, Gallow's Hill continuou sendo nossa cidadezinha particular, por assim dizer, e nós temos tudo de que precisamos aqui para sobreviver, nos restando pouca vontade ou necessidade de sairmos. Tirando as visitações e os eventos de caridade aleatórios que são realizados aqui, nossa família se mantém reclusa na maior parte do tempo.

Andando em círculos na sala de estar, observo as fotos da nossa família que ficam penduradas nas paredes. Em cada uma delas, temos sorrisos no rosto, mas nenhum parece real. Nenhum deles chega aos nossos olhos e isso faz eu me perguntar quão felizes nós poderíamos ser de fato, vivendo aqui sozinhos durante todos esses anos, tão longe da cidade mais próxima e de outras pessoas. Eu estudei em casa até o ensino médio, quando minha mãe achou que seria uma boa ideia eu conhecer outras crianças e sair um pouco da reclusão do presídio.

Só tive Truddy como amiga durante tanto tempo porque o pai dela trabalhava aqui como guarda, que virou guia turístico. Minha mãe fez amizade com a senhora Marshall quando, na época, ela trazia almoço para o marido, e como ambas tinham filhas da mesma idade e minha mãe finalmente encontrou alguém com quem tinha algo em comum, todos nós nos tornamos amigos.

Paro em frente a uma foto emoldurada na lareira de pedra que fica no canto da sala. É uma foto em preto e branco minha com meus pais, tirada quando eu tinha cinco anos de idade. É a única foto da sala em que nenhum de nós tem um sorriso falso no rosto. Estou olhando para alguma coisa ao longe, nem mesmo voltada para a câmera. Meu pai está sério e rígido, e parece que um vento forte pode levar minha mãe a qualquer momento. O rosto dela está magro e seus olhos têm bolsas d'água. Se a foto fosse colorida, eu me pergunto se eu veria a vermelhidão ao redor de seus olhos, de tanto chorar. Não entendo porque esta foto, tão deprimente e diferente do restante ao redor da sala, está localizada na lareira, à mostra, de forma que todos a vejam ao entrar no cômodo. Sei que só tinha cinco anos quando esta foto foi tirada, mas consigo me lembrar daquele dia muito claramente em minha cabeça.

Uma tempestade se aproximava e havia nuvens escuras acima de nós. Eu estava brava naquela hora, tomada por uma raiva que uma criança de cinco anos normal nunca deveria sentir. Consigo ouvir a mim mesma gritando com alguém e sentir braços fortes ao redor do meu corpo pequeno me arrastando para a foto enquanto eu chutava, arranhava e tentava me soltar. Eu odiava todos ao meu redor e odiava estar sendo forçada a fazer algo que não queria. A raiva e a infelicidade me atravessam enquanto observo a foto e sinto vontade de arrancá-la da lareira, jogá-la no chão e esmagá-la em centenas de pedaços. Quero pisar na foto e moer os cacos de vidro no rosto dos meus pais até que eles fiquem arranhados, distorcidos, arruinados.

Eu quero arruiná-los da mesma forma que fizeram comigo.

A raiva faz minhas mãos tremerem quando levanto meu braço em direção à foto. Vejo manchas vermelhas ao redor de minha visão quando minha mão agarra a moldura de metal, apertando-a com tanta força que as juntas dos meus dedos ficam brancas.

— Então você *está* viva.

Eu pulo, soltando a foto com culpa, quando uma voz penetra a névoa das minhas memórias. Virando-me rapidamente, vejo Truddy parada no topo das escadas usando uma calça jeans boca de sino e uma camisa rosa de botões com babados.

— Por que eu não estaria viva? — pergunto a ela em confusão.

Ela ri e revira os olhos para mim, adentrando mais o cômodo para se jogar no sofá de pernas cruzadas.

— Estou brincando, Ravenna, relaxa — ela diz, com outra risada. — Eu não te vejo há três dias e todas as vezes que liguei para saber de você e perguntar se podia te visitar, seu pai quase arrancou minha cabeça e me disse para manter distância.

Eu me afasto da lareira e me sento perto dela no sofá.

— Eu achei que você pudesse ter morrido ou algo assim, e que a sua família estivesse tentando manter segredo — comenta, com outra risada.

Não sei bem porquê a ideia de que talvez eu tivesse morrido e minha família estivesse tentando esconder isso poderia ser engraçada, mas, antes que eu possa perguntar a respeito, uma coisa que ela disse me atinge como um raio.

— Você disse que não me vê há três dias. Então você me viu no dia do acidente? Você estava aqui? — pergunto.

Se Truddy estava aqui naquele dia, ela sabe de alguma coisa. E será capaz de completar os buracos do queijo suíço que se tornou o meu cérebro.

Truddy me encara por alguns minutos e sua boca se abre em choque.

— Caramba — ela sussurra. — Eu achei que sua mãe estivesse brincando quando me disse que você não se lembra de nada, quando abriu a porta para mim lá embaixo. Você realmente não se lembra do que aconteceu?

Eu sinto a vergonha esquentar meu rosto e balanço a cabeça.

Truddy assovia e inclina a cabeça para o lado, me estudando.

— Que esquisito. Inclusive, você está acabada.

A forma como a cabeça dela está inclinada para o lado move todo o seu cabelo loiro, que formava uma cortina, para um dos lados de seu pescoço. Eu me inclino um pouco mais em sua direção quando vejo algo que parecem ser arranhões em seu pescoço. Eles são longos e profundos, e desaparecem na gola de sua camisa.

— O que aconteceu com o seu pescoço?

A mão de Truddy voa para a lateral e ela cobre os arranhões, rindo ingenuamente.

— Ah, não é nada. Acho que você se esqueceu da gatinha que minha mãe me deu de presente de formatura, não é? — ela pergunta, puxando seu cabelo longo nervosamente para a frente, em direção aos ombros, e efetivamente escondendo as marcas de mim.

Encaro seus olhos sabendo que, sem dúvidas, ela está mentindo para mim, mas não faço a menor ideia do porquê.

— Eu pedi um carro e ganhei uma gatinha — ela bufa, irritada. — Como diabos uma gata vai me ajudar a ir e vir da faculdade nas férias? Enfim, aquela bola de pelos me odeia. Todas as vezes que a pego no colo, ela me arranha. Então... De volta a você — diz ela, com um sorriso, mudando de assunto. — Realmente não se lembra de nada?

Eu estou tão de saco cheio da sensação de que as pessoas estão mentindo para mim. Por que ninguém me diz a verdade?

— Por que você estava aqui há três dias? — respondo.

Truddy engole em seco nervosamente e brinca com um dos botões em sua camisa.

— Nós íamos passar um tempo juntas. Você sabe, falar sobre a faculdade e tal, nada demais. Você me convidou, mas, quando atendeu à porta, estava agindo de um jeito muito estranho.

— Estranho como? — pergunto.

Truddy dá de ombros.

— Não sei, só estranho. Você estava vestida de um jeito diferente, seu cabelo estava todo bagunçado e, para ser sincera, você foi meio má comigo.

Levo minha mão até a trança na parte de trás da minha cabeça, mais uma vez sentindo uma vontade urgente de desfazê-la e deixar meus longos cabelos pretos caírem pelas costas, livres do aperto.

— Você me chamou de todos os nomes possíveis e me disse para ir para casa. Eu nem sabia que você conhecia palavras como aquelas até gritá-las para mim — comenta, com uma risada desconfortável, tentando aliviar o clima.

"Você é igual a qualquer vadia por aí, tentando pegar aquilo que não é seu. Ninguém cai nesse teatrinho de que você é inocente, sua vadia esnobe e mentirosa."

Em um rápido lampejo, consigo ver a mim mesma, claro como o dia, parada na varanda da frente do presídio, gritando palavras de ódio na direção de alguém que supostamente é minha amiga. Palavras que não combinam com a loira pequena e sorridente sentada à minha frente, mas que sinto lá no fundo que são verdadeiras.

— Não tem problema, eu já te perdoei — garante, com um sorriso fácil. — É óbvio que você não estava com a cabeça no lugar naquela noite, por algum motivo. Eu só estou aliviada por você estar bem. Parece que voltou a ser você e é isso que importa, certo?

Não é só isso que importa, não exatamente. É bem óbvio que ela não está me dizendo tudo. Além do fato de que eu estava agindo e me vestindo de forma diferente naquela noite, por que estava tão brava com ela? O que teria me deixado tão furiosa a ponto de me fazer dizer coisas tão horríveis a alguém que supostamente é minha amiga?

— Você conhece aquele cara que trabalha aqui? Nolan? — pergunto, tentando uma última vez ver se ela será honesta comigo sobre alguma coisa.

O sorriso dela some imediatamente e ela se move nervosamente no sofá.

— Fique longe daquele cara, ele não presta — ela me alerta.

Já recebi esse aviso do meu pai e a sensação geral de inquietação que tive quando estive com ele me fez concordar, mas está claro que não posso confiar em qualquer coisa que Truddy me diga.

— Porque ele não presta? O que ele fez?

Ela levanta do sofá e deixa escapar uma risada.

— Ele só não é um cara legal, está bem? Nem sei porque o seu pai o deixa trabalhar aqui. Quer dizer, ele é fofo e tudo mais, e um colírio para os olhos, mas algo sobre ele me parece errado. Eu, pessoalmente, não o conheço nem nada, mas foi o que ouvi por aí. Fique longe dele, está bem?

Truddy contorna minhas pernas e vai em direção às escadas.

— Eu preciso ir andando. Minha mãe quer ir ao shopping para comprar umas coisas para a faculdade.

Eu me levanto rapidamente e a sigo.

— Minha mãe ia fazer comida para a gente. Não quer ficar?

Ela desce as escadas em um passo apressado e sigo atrás dela. A verdade é que não quero passar mais tempo com ela se não for responder honestamente às perguntas que tenho, mas ela estava aqui na noite em que tudo aconteceu. Ela é a chave para destrancar minhas memórias e preciso fazer o que for necessário para abrir a fechadura se quiser descobrir o que se passou.

Eu a sigo pelo corredor até a porta da frente.

— Agradeça à sua mãe. Talvez outra hora — ela diz, estendendo a mão para a maçaneta.

A porta se abre antes que ela possa alcançá-la e paro alguns passos atrás dela, que pula para o lado para sair do caminho.

Vejo Nolan entrar com uma expressão de surpresa no rosto quando seu olhar se alterna de mim para Truddy antes de focar nela.

— É bom te ver de novo, Truddy — diz a ela, com um sorrisinho arrogante.

O rosto dela imediatamente fica vermelho de vergonha e ela desvia, se movendo rapidamente ao redor dele e porta afora. Nolan se vira e a observa partir enquanto ela grita por sobre o ombro sem se virar:

— Eu te ligo mais tarde para ver como você está, Ravenna.

Desce as escadas da varanda da frente correndo e desaparece de vista. Uma vez que ela se vai, Nolan se vira de volta para mim e me encara em silêncio. Truddy estava certa: ele realmente é um colírio para os olhos, mesmo que o fato de estar sozinha com ele agora me deixe nervosa. Sua pele é bronzeada por trabalhar do lado de fora o dia todo e os músculos definidos em seus braços e por debaixo da camiseta provam que ele passa a maior parte de seu tempo fazendo muitos trabalhos manuais pesados. Ele é mais alto que eu e obviamente mais forte.

Forte o suficiente para me machucar, se quisesse.

Truddy me disse que ele não prestava e, por algum motivo, ao menos essa informação parecia verdadeira, mas ela também disse que não o conhecia muito bem. A julgar pela familiaridade com que Nolan olhou para ela e disse seu nome, ele a conhece e ela definitivamente conhece ele.

— Diga a seu pai que terminei de aparar a grama ao redor do lago e que vou passar o restante do dia em casa — ele afirma, grosseiramente.

Sem esperar por resposta, ele volta a sair pela porta, fechando-a com um estrondo atrás de si. Meus pés ficam grudados no chão, bem no meio do corredor, enquanto encaro a larga porta de madeira.

— Meu nome é Ravenna Duskin. Tenho dezoito anos de idade, moro em um presídio e minha melhor amiga está mentindo para mim.

CAPÍTULO 4

Passo os dias seguintes vagando pelo interior de Gallow's Hill e recitando fatos sobre o presídio para mim mesma, repassando as coisas que sei que podem desbloquear algo que não me lembro, mas nada funciona. Eu sinto que sim quando, às vezes, substituo meu pai como guia de visitação, dizendo coisas que memorizei de um livro ao invés de dizer coisas que deveria saber profundamente por ter crescido aqui.

Tentei caminhar nos terrenos lá fora e pegar um ar fresco algumas vezes nestes últimos dias, mas, todas as vezes que pisei na varanda, do lado de fora, vi Nolan trabalhando pelo terreno. Mesmo de costas para mim, ele imediatamente para o que está fazendo como se de alguma forma sentisse minha presença. Quando ele se vira, olha para mim e nossos olhos se encontram, eu sou imediatamente tomada pelo medo e corro de volta para dentro, colocando de lado a necessidade de ar puro e um pouco de sol para fugir do homem que me olha igualmente com raiva e curiosidade.

Enquanto passo meus dias vagando por aí e tentando evitar Nolan, minhas noites são preenchidas com jantares desconfortáveis com meus pais na pequena mesa na cozinha em nosso alojamento. Pelas conversas rasas e respostas vagas às perguntas que faço, sinto que estou sentada à mesa, cercada de estranhos em vez das pessoas que me criaram e me amam.

Com a necessidade de fazer alguma coisa para me ocupar, passei a última hora reorganizando itens na loja de presentes e estocando o novo inventário nas prateleiras de metal que tomam conta da maior parte do cômodo pequeno. De repente, ouço vozes alteradas escada acima e paro, com uma blusa dobrada nas mãos, inclinando o pescoço para ouvir melhor. Um baque alto acima da cabeça me faz jogar a blusa de qualquer jeito no topo de uma pilha com as outras e me mover rapidamente para fora, em direção às escadas. Subo na ponta dos pés, com cuidado para evitar tábuas soltas do piso, assim o barulho da madeira velha não vai alertar minha presença a ninguém. Paro no topo das escadas à medida que as vozes ficam mais altas e seguro minha respiração, ouvindo meus pais discutirem.

— Tem alguma coisa errada com ela, Tanner! Você precisa reconhecer isso — reclama minha mãe.

Ouço o barulho de pés se movendo e chego um pouco mais perto da porta fechada do quarto deles.

— Pare de procurar problema, Claudia. Apenas continue lembrando-a de quem ela é e tudo ficará bem — diz meu pai, em uma voz irritada.

— Nós não deveríamos ter que *lembrá-la* de quem ela é! — grita minha mãe. — Nós não deveríamos ter que dizer a ela o tipo de pessoa que ela é! Ela não é a mesma pessoa e eu sei disso. Sei o que você fez, Tanner. Não importa as mentiras que continua me contando, eu sei o que você fez! O que aconteceu com o meu bebê? O que diabos você fez com a minha garotinha?! Aonde *ela* foi parar?

Um tapa alto ecoa atrás da porta e eu pulo em sobressalto quando ouço o arfar alto de surpresa da minha mãe e um choramingo de dor.

— Eu fiz o que precisava fazer para manter essa família segura, assim como há dezoito anos. Aquela garota lá embaixo é a Ravenna. Ela é a mesma filha boa, linda e perfeita que criamos a vida toda. Não vou deixar você arruinar essa família como já tentou fazer uma vez. Ravenna ficará bem desde que você guarde as suas teorias estúpidas para si mesma.

Escuto passos vindo em direção à porta e corro pela sala de estar, entrando em meu quarto assim que a porta do quarto dos meus pais se abre. Escondida atrás da minha porta, vejo meu pai atravessar a sala como um relâmpago e descer as escadas. Respirando fundo algumas vezes para acalmar meu coração acelerado, espero alguns minutos antes de deixar o conforto do meu quarto, dando a mim mesma algum tempo para que minha mãe não saiba que ouvi o que eles estavam dizendo. Quando chego na entrada da porta do quarto dos dois, encontro minha mãe sentada na beira da cama, limpando as lágrimas de sua bochecha.

— O que houve? — pergunto, preocupada, mesmo sabendo que não me dirá a verdade.

Ela olha para cima surpresa e coloca um sorriso falso no rosto.

— Ravenna, não sabia que você estava aqui. Pensei que tinha saído para dar uma caminhada ao redor do presídio.

Levantando-se rapidamente, minha mãe se apressa até o guarda-roupas, mantendo-se de costas para mim para esconder a tristeza em seu rosto.

— Sim, mas fiquei com fome, então eu ia pegar um lanchinho na cozinha — minto.

Ela alcança a prateleira de cima do guarda-roupas e puxa uma das várias caixas de chapéus que ficam guardadas ali, e percebo que, antes da discussão com meu pai, ela estava se preparando para sair e realizar algumas tarefas, a julgar pelo terninho azul-claro e pela saia na altura dos joelhos que está usando agora. Minha mãe nunca sai do presídio sem se vestir apropriadamente com um terno de grife com um chapéu combinando, luvas brancas e pérolas. Com a caixa do chapéu nas mãos, ela retorna e a coloca em cima da cama, levantando a tampa para tirar o chapéu azul-celeste que descansa ali dentro.

— Estou indo buscar algumas compras, mas posso fazer um lanche para você antes de sair — ela me diz, acomodando o chapéu no topo da cabeça e o fixando no lugar.

— Não, está tudo bem. Por que você estava chorando? — pergunto, tentando voltar o foco dela à questão inicial.

Ela tira um par de luvas brancas da caixa do chapéu, as desliza pelas mãos finas e anda até mim, que estou apoiada no portal da porta. Traz as mãos cobertas em cetim até o meu rosto e segura minhas bochechas nas palmas. Olha fundo em meus olhos e, em questão de segundos, me sinto desconfortável, com vontade de me afastar, correr para fora do quarto e me esconder para que ela não possa olhar para mim como se estivesse tentando descobrir quem sou eu. Não quero que ela veja. Não quero que saiba, e quanto mais ela olhar, mais ficará convencida de que as palavras que disse ao meu pai têm um fundo de verdade, e que realmente há algo de errado comigo.

— Não se preocupe comigo, Ravenna. Eu estou bem — ela me diz, suavemente. — É só mais um dia estressante em Gallow's Hill, nada de novo. — Ela ri, para dar mais leveza às palavras, em vez do significado mais profundo que sei que está lá. — Eu te amo, Ravenna — sussurra. — Você é uma boa menina e eu te amo muito.

Eu deveria me sentir confortada por suas palavras, mas elas me enchem de pânico. Sinto que ela só está me dizendo isso por causa da ameaça que meu pai fez a ela. Ela está me lembrando de quem eu sou para convencer a si mesma de que está tudo bem. Que eu estou bem e que sou normal, e que sou a mesma garota que ela criou e sempre amou. Sinto que sempre desejei ouvir essas palavras vindas dela e que eu faria qualquer coisa para ouvi-las, mas não faz sentido. Ela é minha mãe e me ama. Ouvi-la me dizer essas coisas não deveria ser uma surpresa e eu não deveria me sentir como se não merecesse seu amor ou sua gentileza.

Minha mãe passa uma das mãos no topo da minha cabeça e me dá um sorriso triste antes de me contornar e sair do quarto. Ouvindo seus saltos altos batendo contra o piso de madeira enquanto ela atravessa a sala de estar e desce as escadas, fecho os olhos e deixo minha cabeça bater contra o portal.

— Meu nome é Ravenna Duskin. Tenho dezoito anos de idade, moro em um presídio e meus pais estão mentindo para mim.

CAPÍTULO 5

Meu corpo desliza facilmente pela água, minhas pernas batendo mais forte para me empurrar para mais perto da parede. Inclinando a cabeça para o lado para encontrar a superfície, pego ar mais uma vez antes de mergulhar novamente, me virando e empurrando a parede com os pés para voltar na direção oposta.

Meus músculos doem a cada volta que eu nado, mas é uma dor bem-vinda. Ela me lembra que estou viva, ainda lutando e ficando mais forte, ao contrário da agonia que sou forçada a suportar regularmente.

Este é um agrado por ser boazinha. Essa é a minha recompensa por fazer o que me pedem e nunca questionar as coisas que são feitas comigo. Meus pulmões estão pegando fogo enquanto corto a água gelada com meus braços, mas não me importo. Esse é o único lugar que sinto que tenho controle da minha vida. Estou tão cansada desses testes nos quais eu nunca vou passar e da dor infligida a mim na esperança de que isso mude tudo em mim... Eu nunca vou mudar. Nunca vou ser uma pessoa diferente. Nasci assim, vou continuar assim e vou fazê-los pagar pelo que fizeram comigo.

Ao sair da extensa varanda que envolve a frente de toda a ala leste do presídio, paro um minuto e olho para cima, para a enorme estrutura de pedra. Feito com tijolo e argamassa, é óbvio que Gallow's Hill é um prédio muito velho, construído há muito tempo, com seu estilo gótico vitoriano e lanças pontiagudas no topo de cada torre de guarda. O exterior do edifício permaneceu em condições surpreendentemente boas, apenas precisando de alguns reparos aqui e ali para consertar um vazamento no teto ou tijolos rachados.

TARA SIVEC

Como o presídio depende da verba do Estado para fazer qualquer tipo de conserto, apenas os mais urgentes são feitos imediatamente, aqueles que nos impedem de realizar as visitações. Por exemplo, a tinta descascando, os tijolos desmoronando dentro das celas e as tábuas soltas no chão de todo o presídio, que deixam o ambiente mais assustador e não representam nenhuma ameaça aos visitantes, estes reparos são adiados como uma forma mais inteligente de gastar o dinheiro que nos dão para administrar essa instalação.

Além da releitura dos eventos que aqui ocorreram e da invenção de boatos completamente absurdos nos quais as pessoas acreditam, o próprio prédio é um dos maiores atrativos para os visitantes. Ele é enorme e sinistro, mesmo durante o dia. Entrar na longa e sinuosa estrada e ter um primeiro vislumbre dele por detrás das árvores faz as pessoas sentirem como se estivessem estrelando seu próprio filme de terror.

Pelo menos isso é o que todos dizem. Para mim, este lugar é apenas minha casa. Nós fazíamos piqueniques em família no gramado nos dias de verão e pegávamos vagalumes em potinhos quando o sol se punha. Tudo isso soa bucólico e perfeito quando estou aqui parada pensando nisso, mas algo cutuca o fundo da minha memória, me fazendo questionar as coisas que eu sei.

Como podemos ser uma família tão normal e perfeita depois da forma que meu pai falou com minha mãe ontem? Como eu posso ter todos estes pensamentos felizes e maravilhosos em minha cabeça e ao mesmo tempo ver uma foto em nossa sala de estar que me faz querer gritar que tudo que eu sei é mentira?

Depois de passar uma hora olhando pela janela do meu quarto e não ver nenhum sinal de alguém trabalhando pelo terreno hoje, eu me vesti rapidamente, torcendo para que os meus instintos estivessem certos ao me dizer que Nolan não está aqui hoje. Estou cansada do cheiro de mofo enjoativo das paredes do presídio. Cansada da escuridão entristecedora de ficar presa aqui dentro. E cansada de ter medo de ir a qualquer lugar só por causa de um cara. Esta é minha casa e não vou mais permitir que ele me amedronte.

Afastando-me do edifício, caminho pela calçada que o rodeia e vou em direção ao lago que fica localizado a alguns metros de distância.

Com o rosto virado em direção ao sol, eu o deixo me aquecer e percorro o caminho que leva ao lago. O canto dos passarinhos e a brisa suave que balança as folhas nas árvores tiram meus pensamentos dos meus problemas. Independente do fato de que o terreno ao redor do presídio costumava ser um lugar onde os detentos eram forçados a cultivar e trabalhar incansavelmente sob o sol fervente durante o dia todo em penitência pelos seus delitos, ainda assim é um lugar lindo. Cercado de colinas e com uma grama verde exuberante que se estende até onde o olho alcança, agora a área se assemelha a um cenário parecido com um parque em vez da área de cultivo de uma prisão.

Os campos de soja e milho que os presidiários eram encarregados de cultivar dia após dia vão longe. Quando o presídio foi fechado, meu pai deixou tudo crescer, já que não contava mais com o benefício de algumas centenas de trabalhadores para manter as coisas funcionando. Eu gosto muito mais assim, onde posso vagar sozinha pelo terreno sem precisar de escolta, porque quando o presídio ainda funcionava, em todos os lugares havia prisioneiros algemados que podiam representar uma ameaça a qualquer momento, não que eu me lembre dessa época.

Caminhar até o lago significa ter que passar pelo pequeno cemitério da propriedade, uma área que sempre evitei desde que me entendo por gente. Mesmo acelerando o passo ao passar pela pequena área cercada por uma parede baixa de pedras, me sinto atraída por ela de uma forma estranha. Parte de mim sabe que nunca coloquei os pés do lado de dentro. Pensar que há pessoas enterradas nessas terras — saber que elas morreram na prisão e não tinham uma família que se importasse o suficiente para levá-las a outro lugar para passar a eternidade — sempre me deu arrepios. Outra parte de mim, a que não acredita em metade das memórias que eu tenho e questiona tudo que consigo me lembrar, consegue me ver claramente vagando pelas pedras velhas e quebradas, memorizando todas as informações e passando as mãos pelo cimento gelado. Eu consigo sentir a grama nas minhas costas enquanto descanso em cima de uma sepultura com as mãos debaixo da cabeça e os tornozelos cruzados.

Em breve, mais algumas sepulturas serão acrescentadas a este lugar. Eles vão apodrecer e se contorcer em agonia quando aparecerem nos portões do inferno, exatamente como merecem.

Meus pés vagueiam até parar na entrada do cemitério, quando sou atingida por um pensamento tão cruel e inquietante que preciso pressionar a palma da mão na boca para manter o almoço em meu estômago. Meus olhos vão e voltam por cima das cruzes de pedra e outros marcadores que consigo ver através da abertura que dá para o cemitério. Eu não gosto deste lugar. Não gosto de ser lembrada de que pessoas morreram no lugar que eu chamo de lar, mesmo que tenha acontecido muito antes de eu nascer. Minha mente está apenas pregando peças em mim — tem que estar. Não sou uma pessoa ruim e nunca desejaria o mal de alguém. Sou uma boa menina, uma boa filha e nunca fiz nada de ruim.

"Estou fazendo isso para o seu próprio bem. Você é ruim, ruim, ruim."

Saio correndo imediatamente, para longe do cemitério, para longe das palavras que ecoam em minha cabeça. Chego até a beira da água em tempo recorde e paro perto de um aglomerado de ervas daninhas, acalmando meu coração acelerado e afastando os pensamentos que estão passando pela minha cabeça e me deixando louca.

O sol brilha na superfície da água e preciso proteger os olhos do brilho ofuscante. Como não há árvores nas imediações do lago, não há nada para fazer sombra e me proteger do calor do sol da tarde; não demora muito até que eu comece a sentir o suor escorrendo pelas minhas costas por debaixo do vestido. A água parece fresca e convidativa, e me pego desejando ter previsto isso para ter colocado meu maiô antes de descer para cá. Outro pensamento rebelde aparece na minha cabeça enquanto estou observando a água: eu não tenho maiô. Pensando nos vestidos que estão pendurados em meu armário e nas outras peças de roupa que estão dobradas nas gavetas em minha cômoda, percebo que não vi nenhum nas minhas coisas. Eu acho isso estranho, levando em consideração que temos um lago em nossa propriedade com uma doca anexada, perfeita para correr e pular na água refrescante.

Olhando para a doca que está a cem metros de distância, tiro a mão que protege meus olhos do sol e caminho até ela. À medida que subo na estrutura desgastada e ressecada que paira sobre a água, a empolgação toma conta de mim ao pensar em sair correndo e pular na água com roupas no corpo. Quase consigo me sentir afundando na água turva, deixando-a refrescar minha pele e apagar todos os meus pensamentos ruins enquanto a escuridão me engole e bloqueia o sol. Quero bater minhas pernas e braços na água, e impulsionar meu corpo o mais rápido que posso até sentir a queimação em meus músculos, aquela que faz com que eu me sinta forte e no controle.

Respiro fundo e seguro o ar em meus pulmões, fechando os olhos e levantando o pé no final da doca, desejando nada mais do que afundar no esquecimento. Abrindo os braços, sinto-me caindo para frente e meu coração se acelera em antecipação. Justamente quando estou ansiosamente esperando me sentir cair na água fria, braços fortes passam pela minha cintura e sou puxada para trás tão rapidamente que grito de decepção e raiva.

SOTERRADA

— Me solta! Eu quero nadar! — grito, arranhando os braços ao meu redor que me arrastam para longe da beira da doca.

De repente, sou erguida da madeira chutando e gritando em protesto, e os braços ao meu redor me seguram com mais força enquanto olho ansiosamente para a água. O barulho dos passos contra o cais desaparece rapidamente e sou movida para a grama que cerca o lago. Continuo a gritar e a lutar contra os braços que me seguram, mas meus gritos de protesto cessam rapidamente quando sou jogada de bunda na grama. Ignorando a dor em meu traseiro por ter sido largada no chão e a vergonha de ter sido arrastada para longe da água como uma boneca de pano, me levanto da grama e viro para confrontar a pessoa que interrompeu os meus planos.

Minha boca se abre em surpresa quando vejo Nolan em minha frente, casualmente descansando as mãos nos quadris. Eu deveria estar com medo de estar sozinha aqui fora com ele, longe o suficiente do presídio para que ninguém me ouça se eu gritar, mas estou furiosa demais para me preocupar com a minha própria segurança agora.

— Que diabos você está fazendo? — grito, irritada.

— Salvando você de um afogamento. Agradecer não custa nada — ele diz, inexpressivamente.

Mais uma vez, sou pega de surpresa com o quão é agradável olhar para ele. Como sempre, ele está vestido com uma calça jeans surrada e uma camiseta velha e justa, coberta de sujeira e suor do trabalho que ele faz sob o sol escaldante. Seu cabelo loiro bagunçado está caindo sobre um olho, fazendo-o parecer fofo e inocente em vez de mandão e ruim. Estou tão furiosa por ter sido afastada da água que me esqueço que deveria sentir medo e não confiar nele.

— Eu nem estava *dentro* da água, então você não me salvou de nada — argumento, espelhando sua pose, colocando as mãos nos quadris e o encarando.

Ele balança a cabeça para mim, revirando os olhos irritadamente.

— Ah, não. Você não tem o direito de ficar irritado *comigo* — continuo. — Você não tinha o direito de me arrastar para longe da água. Quem você pensa que é me impedindo de nadar no *meu* lago, no terreno da *minha* família?

A irritação some de seu rosto e suas mãos caem de seus quadris enquanto ele me olha. O silêncio e a forma como me observa são inquietantes e me dão vontade de fugir. Não porque eu tenho medo dele ou do que possa fazer comigo, mas porque tenho medo que descubra todos os meus segredos, mesmo aqueles que eu mesma não consigo compreender.

— Jesus — ele sussurra, em meio a uma respiração. — Você realmente *não* se lembra de nada.

Odeio a forma como ele diz essas palavras, como se soubesse de tudo sobre mim e estivesse chocado por eu não saber nada.

— Do que você está falando?

Ele esfrega a nuca nervosamente, finalmente desviando o olhar para o lago, que está atrás de mim.

— Pensei que não passasse de uma encenação. Achei que você estivesse com vergonha de... Meu Deus, eu sou um idiota.

Nolan para, ainda examinando o lago em vez de olhar para mim. Eu não faço ideia sobre de que se tratam os resmungos e sinto vontade de gritar com ele e exigir respostas, mas a confusão suave em sua voz e o olhar de tristeza em seu rosto me impedem. O que ele achou que não passasse de uma encenação? Do que eu deveria me envergonhar?

— Você realmente não se lembra. Nunca me ocorreu que realmente não se lembrasse até que te vi na beira do cais. Jesus, você acabou de me tirar dez anos de vida — ele prarueja, deixando escapar uma respiração frustrada.

— Você pode, por favor, me explicar do que diabos está falando? — pergunto, irritada, completamente preparada para bater o pé, caso necessário.

Seus olhos voltam aos meus e fico surpresa com o luto que vejo neles. Ele dá um passo em minha direção, ficando perto o suficiente para que eu possa sentir o calor que irradia de seu corpo. Nem mesmo o calor de sua pele consegue impedir os arrepios que percorrem meu corpo quando ele diz suas próximas palavras.

— Ravenna, você não sabe nadar. Você morre de medo da água e nunca, nunca chega sequer perto deste lago.

Envolvo meu corpo com os braços e balanço a cabeça em negação. Não faz sentido. Eu quero dizer que ele está errado, mas vejo a verdade estampada em seu rosto. Ele realmente estava com medo pela minha segurança. Ele me viu na beira da doca e me afastou dela antes que eu pudesse pular. Esqueço os hematomas que estão desaparecendo em meu pulso e que combinam com as impressões digitais que ele deixou em meu braço outro dia, porque talvez ele também estivesse tentando me salvar e eu simplesmente não me lembro. As únicas coisas que me amedrontam agora são as que ele sabe sobre mim e que eu não sei.

Sem dizer mais nada, eu o contorno e saio correndo em direção ao presídio. Ele grita meu nome e sequer olho para trás. Fujo do lago e da pessoa que poderia ser a chave para destrancar minhas memórias. Fujo porque, pela primeira vez desde que acordei, não tenho certeza se quero saber a verdade.

— Meu nome é Ravenna Duskin. Tenho dezoito anos e moro em um presídio. Tenho sonhos em que nado até meus pulmões quase explodirem... mas não sei nadar.

CAPÍTULO 6

Eu rudemente dou uma cotovelada em um grupo de visitantes que estão aglomerados no meio do corredor esperando sua vez para entrar na loja de presentes. Ignoro os gritos de protesto quando esbarro em ombros e empurro pessoas para fora do meu caminho ao correr pelo corredor e subir as escadas. Escuto meu pai chamar meu nome com uma voz preocupada, mas também o ignoro, escapando para dentro do meu quarto e batendo a porta atrás de mim.

Olhando para o quarto rosa perfeitamente arrumado com a cama feita, grito em frustração, vou até a cama e arranco dela os lençóis. Antes de sair esta manhã, encontrei um cobertor azul no armário do banheiro e refiz minha cama com algo que me agradava, em vez de algo que me enoja. Minha mãe deve ter mudado as cobertas depois que saí para a minha caminhada. Em um acesso de raiva, embolo o cobertor em meus braços, abro a janela que fica próxima à minha cama e o jogo no ar. Apoiando-me no peitoril da janela, eu o observo flutuar até o chão e pousar em uma pilha de grama dois andares abaixo, desejando poder segui-lo. Talvez uma boa queda de uma janela do segundo andar sacuda meu cérebro o suficiente para que tudo comece a fazer sentido.

Com um grunhido frustrado, me afasto da janela e dou alguns chutes fortes na estrutura de metal da minha cama, que treme e chacoalha cada vez que o meu pé encosta nela e, depois do quarto chute, escuto um baque surdo vindo de debaixo dela. Interrompo meu acesso de raiva imediatamente e me ajoelho próxima à cama. Entre alguns tufos de poeira e um pé de meia, eu vejo um livro, que deve ter causado o barulho ao cair de seu esconderijo quando descontei minha raiva na cama. Levanto a saia de babados cor-de-rosa com uma das mãos e espio por debaixo da cama. Estico a mão, encontro um livro e o puxo em direção a mim, deixando a saia de babados cair de volta para o seu lugar enquanto eu seguro o livro em minhas mãos e me sento.

Passando as mãos pela capa de couro gasta, percebo que é um diário e a empolgação toma conta de mim, apesar de eu não reconhecer o livro. Obviamente é meu, uma vez que estava escondido embaixo da minha cama. Aninho o diário em meu peito, corro para a parede que fica diretamente abaixo da janela e me apoio nela, puxando meus joelhos contra o peito e apoiando o diário em cima deles. Abro a capa de couro e as primeiras palavras da página, escritas em uma letra cursiva floreada, me fazem sorrir.

> *Diário de Ravenna Duskin. Não leia!*

As palavras *não leia* estão sublinhadas três vezes. Ao virar a primeira página, meu sorriso some quando a encontro em branco. Passo para a próxima página, que também está em branco. Levanto o livro para mais perto do meu rosto para inspecioná-lo, afastando as lombadas o máximo que posso, e passo o dedo pelo meio do diário onde há várias páginas faltando, arrancadas da encadernação o mais próximo possível. Balanço a cabeça, chateada, e folheio as páginas restantes rapidamente, minha irritação crescendo quando percebo que não vou encontrar nada de útil, até que chego à última página. Minha mão ainda está na folha, preenchida com palavras do início ao fim.

As palavras do início começam muito pequenas, quase pequenas demais para serem lidas, mas à medida que continuam descendo, elas vão ficando maiores e a tinta vai ficando mais escura em algumas palavras que foram traçadas várias vezes. A escrita bonita e fluida da primeira página não se parece com a minha, apesar de eu saber que provavelmente é. Corro os dedos pelas letras duramente escritas nesta última página e tenho certeza absoluta de que são minhas. Esta letra forçada e raivosa é minha, e as palavras que estão repetidas nesta página são minhas. Não reconheço o diário e não me lembro de alguma vez ter mantido um registro dos meus pensamentos e memórias, mas devo ter feito.

O diário estava em meu quarto, escondido embaixo da cama, em um lugar onde somente eu o acharia. Minhas mãos tremem e continuo escorregando meus dedos pelas palavras que sinto como se estivessem gritando comigo, me forçando a abrir meus olhos e aceitar a realidade que minha mente não me permite aceitar.

> *Os segredos estão escondidos nas paredes deste presídio. Eles irão destruí-la antes de libertá-la.*

Fecho o diário de uma vez e cerro os olhos com força para bloquear as palavras, mesmo que ainda consiga vê-las girando atrás deles, raivosas e gritando para que eu preste atenção, para que eu veja o que está bem na minha frente. A porta do meu quarto se abre de repente e jogo o diário para debaixo da cama rapidamente, fora da vista do meu pai, que corre até mim e se ajoelha para fitar meus olhos.

— Ravenna? Está tudo bem?

Foco na preocupação em sua voz e em seus olhos, em vez das palavras que devo ter escrito como um aviso para mim mesma depois do acidente. Por que eu escrevi essas palavras repetidamente? Que tipo de segredos estão escondidos em minha casa?

Olho para o meu pai vestido em seu terno azul-marinho perfeitamente passado e seu cabelo penteado para trás, e me pergunto como a verdade poderia ser tão horrível a ponto de alguém querer me fazer mal para impedi-la de vir à tona.

— Papai, quem sou eu? — sussurro, de forma entrecortada, deixando minha cabeça bater contra a parede.

Eu nem sei por que estou perguntando isso, mesmo sabendo que ele não será honesto comigo. Tenho evitado falar com ele desde que o ouvi brigando com a minha mãe, com medo do homem que tratou a própria esposa com tanta raiva e depois lhe deu um tapa na cara quando ela tentou argumentar com ele. Eu já ouvi meus pais brigando antes?

Reviro meu cérebro tentando desenterrar lembranças da minha infância, mas tudo que consigo ver são aquelas estúpidas fotos de família que decoram nossa sala de estar. Não consigo acessar uma memória concreta de nós três juntos, nos comportando como uma família normal e feliz deveria se comportar. Apenas consigo pensar na forma como meus pais vêm agindo desde que acordei, na forma como se evitam a todo custo e eles olham para todas as direções, menos um para o outro, quando estão jantando juntos. A única memória que grita claramente em minha cabeça é aquela que revisitei quando vi a foto em nossa lareira. Por que aquela foto em particular me encheu de tanto ódio dos meus pais?

Observo os ombros do meu pai ficarem tensos e tento não recuar quando ele estende a mão e tira uma mecha de cabelo dos meus olhos, que deve ter se soltado durante minha explosão, mais cedo. Ele prende a mecha atrás da minha orelha e segura minhas bochechas nas palmas das mãos.

— Você é Ravenna, minha filha incrível e maravilhosa — ele me diz, suavemente. — A mesma pessoa que sempre foi.

"Apenas continue lembrando-a de quem ela é e tudo ficará bem."

As palavras que meu pai disse à minha mãe giram em minha mente e consigo sentir meu temperamento começando a inflamar. Minhas mãos se apertam em punhos no meu colo e sinto minhas unhas cavando as palmas das minhas mãos.

— Eu sei que é frustrante, mas o médico disse que levaria tempo — ele me lembra, com um sorriso apaziguador. — Apenas pare de forçar as coisas ou você vai piorá-las.

Ouvi essas mesmas palavras tantas vezes nos últimos dias que sinto vontade de dar um tapa na mão dele e gritar em sua cara. Eu quero segurá-lo pelas lapelas do terno e sacudi-lo até que ele pare de me encher com a mesma ladainha e seja honesto comigo. Como as coisas poderiam ficar piores? Todas as vezes que fecho os olhos, tenho medo de uma nova memória aparecer, me deixando com medo e mais confusa, e agora eu tenho um diário que nem me lembro de possuir, muito menos de escrever, faltando todas as páginas exceto pela última que contém uma mensagem assustadora e enigmática. *Realmente* existe alguma coisa pior do que essa realidade?

— Eu sei nadar?

Ele parece surpreso com a minha pergunta, mas esconde a surpresa com uma risada, tirando as mãos do meu rosto.

— Minha nossa, não! Nós mal conseguíamos te fazer tomar banho quando você era pequena.

Ele fecha os olhos por um momento e seu rosto parece sereno enquanto ele provavelmente relembra partes de minha infância.

— Por que eu tinha tanto medo de água? — pergunto, suavemente.

Ele abre os olhos e suspira, acenando com a mão no ar como se estivesse tentando afastar a pergunta.

— Apenas um pequeno acidente que aconteceu quando você era pequena. Não foi nada demais — responde, me dando um sorriso tenso e apoiando os braços nos joelhos. — Estas perguntas bobas não vão ajudar em nada. Tudo o que você precisa fazer é voltar à sua rotina normal, passar os dias como sempre fez e as coisas vão se encaixar.

Eu me enfureço por ele considerar minhas perguntas bobas. Por que tentar recuperar partes esquecidas de minhas memórias é considerado bobo? Por que tentar entender quem eu sou é uma perda de tempo?

— Por que você não pode apenas ser honesto comigo? — sussurro, desesperada.

Ele apoia as palmas das mãos nos joelhos para se levantar. Deslizando as mãos para dentro dos bolsos da frente da calça, sacode as moedas que estão lá dentro e olha para mim.

— Não sei o que você espera que eu diga, Ravenna. Por que você pensaria que não estou sendo honesto com você? — ele me pergunta com um suspiro de frustração.

— O que havia na mata naquela noite? — devolvo imediatamente, me recusando a recuar.

Ele endireita os ombros e levanta o queixo.

— Eu e sua mãe já te contamos o que sabemos.

— Certo, vocês não sabem por que eu estava lá fora na mata, no meio da noite, durante uma tempestade — respondo, sarcástica. — Então quem me achou? Como vocês sequer souberam que eu estava machucada e que deveriam chamar o médico?

Nunca me ocorreu fazer essas perguntas até agora. A única área do nosso terreno que possui mata fica do outro lado do lago. Se foi lá que eu me machuquei, como alguém saberia que deveria me procurar lá, a não ser que tenham me visto sair da casa? A não ser que alguém estivesse me perseguindo.

A não ser que estivessem me perseguindo.

Eu consigo me ver correndo o mais rápido que posso através das matas escuras, tropeçando em raízes e galhos soltos. Quase sou capaz de sentir meu coração acelerado enquanto fujo de alguma coisa, mas não é pelo medo. Estou orgulhosa de algo que fiz e com raiva por estar sendo forçada a fugir em vez de enfrentar.

Meu pai suspira frustrado e o som me tira dos meus pensamentos.

— Não posso responder suas perguntas, Ravenna. Eu estava ocupado trabalhando em meu escritório e ouvi sua mãe gritar. Corri escada abaixo, te encontrei inconsciente no chão e liguei para o médico imediatamente.

Não escapa a minha atenção que ele me disse que *não pode* responder às minhas perguntas, não que não sabe as respostas para elas.

Infelizmente, até mesmo essas meias respostas são as mesmas que minha mãe me deu e elas não me ajudam em nada. Ela estava saindo do banho e ouviu um barulho no andar de baixo. Ela desceu e me viu deitada no meio do chão, encharcada, coberta de sujeira e folhas, com arranhões ao longo dos braços e um machucado na cabeça que não parava de sangrar.

— Por que tudo que lembro parece ser exatamente o contrário do que você e minha mãe me dizem? — questiono.

Ele para de brincar com as moedas em seu bolso imediatamente e o silêncio toma conta do cômodo. Odeio estar sentada no chão, aos seus pés, me sentindo tão pequena e insignificante com ele parado à minha frente de forma tão autoritária, ignorando tudo que pergunto como se as perguntas que tenho não fossem dignas de respostas. Sinto vontade de enfrentá-lo, de gritar na cara dele e de cutucá-lo com o dedo, mas me encontro presa ao chão enquanto a máscara de indiferença em seu rosto rapidamente muda para uma expressão de medo. Seus olhos se arregalam e ele morde o lábio inferior nervosamente, assim como minha mãe fez quando entrei em seu quarto e a flagrei chorando.

— Você se lembrou de alguma coisa, Ravenna? Do que você se lembrou? — pergunta, apressado.

A preocupação dele seria comovente, se eu sentisse que é em meu benefício, e não que ele só está tentando descobrir se me lembrei de algo que não deveria. Algo que provaria que ele realmente está mentindo para mim e sabe o que aconteceu.

Porque ele viu o que aconteceu ou porque foi a causa do que aconteceu?

Mais uma vez, sou deixada me perguntando o quê poderia ser tão ruim para o meu próprio pai não querer que eu saiba a verdade.

Talvez eu o venha evitando ultimamente porque tenho medo dele e me sinto desconfortável ao seu redor desde que o ouvi gritando com minha mãe. Talvez o esteja evitando porque tenho medo de como a presença dele faz com que eu me sinta. Quando estou no mesmo cômodo que ele, sinto minha desconfiança por ele crescer tão forte que é quase sufocante. Uma filha deveria poder confiar no pai e saber, sem sombra de dúvidas, que tudo que ele faz é para protegê-la, mas, quando olho para ele, às vezes não sinto nada além de raiva e desapontamento. Sinto que essa não é a primeira vez que ele me decepciona.

Agora mesmo, se alguém me perguntasse, eu poderia fazer uma lista das coisas que meu pai já fez para provar seu amor por mim ao longo dos anos, mas não passaria disso... Uma lista. Não tenho as memórias que deveriam acompanhar os itens desta lista. Não me lembro de me sentar no colo dele enquanto lia uma história para mim. Não me lembro dele segurando meu cabelo enquanto eu assoprava as velas do meu bolo de aniversário, e também não me lembro de pularmos em poças de água na beira da estrada. Vi as fotos nos álbuns e penduradas nas paredes, mas não consigo me *lembrar delas*. Eu deveria ser capaz de me lembrar da fumaça das velas recém-assopradas. Deveria me lembrar do som suave de sua voz melodiosa enquanto ele lia para mim, e deveria ser capaz de sentir a sensação do musgo e da água espirrando em minhas pernas na estrada. Por que eu *sei* das coisas, mas não consigo *senti-las*?

— Ravenna!

Ele chama meu nome de novo, claramente impaciente por eu não ter respondido sua pergunta. Ele quer saber se me lembrei de alguma coisa. Se eu realmente fosse uma boa menina, a filha perfeita, a filha *incrível* que eles continuam me dizendo que sou, talvez eu faria como me mandam fazer e parasse de forçar as coisas e questionar tudo. Talvez eu deixaria de lado todos os meus pensamentos loucos e lampejos estranhos de memória que me confundem e seguiria minha vida, feliz em acreditar em qualquer coisa que me contam, sem me preocupar com as que não me lembro. Talvez eu aprenderia a amar a cor rosa e pararia de ter dores de cabeça todas as vezes que minha mãe faz tranças muito apertadas em meu cabelo.

— Os segredos estão escondidos nas paredes deste presídio — digo a ele, em uma voz monótona, repetindo as palavras que estavam escritas em meu diário.

Observo a cor sumir do rosto dele e, em vez de ficar horrorizada comigo mesma por sentir prazer em seu medo, deixo a sensação passear por mim, me acendendo e fazendo com que me sinta viva pela primeira vez em dias.

Meu pai se afasta de mim lentamente e seus olhos não deixam meu rosto.

— Vou deixá-la descansar um pouco. Eu preciso voltar à visitação — ele me avisa, esbarrando na parede próxima à porta do quarto.

Ele me dá um sorriso tenso antes de se virar e deixar o cômodo, fechando a porta atrás de si.

— Meu nome é Ravenna Duskin. Tenho dezoito anos, moro em um presídio e tenho quase certeza de que não sou uma boa garota.

CAPÍTULO 7

Após meu pai deixar o quarto, reviro o lugar procurando pelas páginas que foram arrancadas do diário. Não sei por que essas páginas estão desaparecidas e não gosto disso. Como não achei nada escondido em nenhum canto em meu quarto, procurei na cozinha, o único outro cômodo do andar de cima que não estava trancado ou ocupado. Meu pai está trabalhando no escritório e minha mãe está escondida em seu quarto, então essas duas áreas terão que esperar até que eles não estejam por perto e, no quarto extra, terei que arrombar a fechadura ou encontrar a chave no escritório do meu pai. Faço um sanduíche rápido na cozinha, já que não tenho o menor interesse em vivenciar outro jantar silencioso e esquisito com meus pais, e como do lado de fora, na varanda da frente, aproveitando a paz e a quietude, com nada além dos sons dos pássaros cantarolando e do coaxar dos sapos.

Meus olhos escaneiam os arredores do presídio, torcendo por um vislumbre de Nolan. Parece estranho estar procurando a pessoa que passei os últimos dias temendo, mas a essa altura ele pode ser a única pessoa aqui em quem posso confiar. É impossível temer alguém que se desviou do próprio caminho para salvar minha vida. Se foi ele quem me machucou ou quis me fazer mal, poderia facilmente apenas ter me deixado pular no lago. Ou poderia ter me punido. Eu estava tão ocupada imaginando a sensação da água gelada em minha pele que sequer o escutei chegando por trás.

Não o vendo em nenhum lugar em meu campo de visão, ocorre a mim que não ouço o som do cortador de grama à distância ou a voz de homens conversando durante o trabalho, e percebo que todo mundo deve estar de folga hoje. Ele parece estar sempre me observando e esperando por mim quando vou até o lado de fora e, é claro, agora que eu realmente quero falar com ele, Nolan não está em lugar nenhum.

Continuo comendo, e abro o álbum de fotos que trouxe para fora e o apoio na varanda, próximo a mim. Embaixo de algumas das fotos de minha infância, há uma pequena tira branca de fita adesiva com a caligrafia bonita da minha mãe, explicando o contexto de algumas das fotos.

ANIVERSÁRIO DE DEZ ANOS DA RAVENNA!

RAVENNA APRENDENDO A ANDAR DE BICICLETA!

MANHÃ DE NATAL COM RAVENNA!

Cada foto que eu olho me causa uma raiva sobrenatural da criança feliz e sorridente que vejo naquelas páginas, e não sei o porquê. Eu não deveria ficar feliz ao ver provas de como minha infância foi normal e maravilhosa? Em vez disso, sinto vontade de arrancar cada uma das imagens de sua respectiva folha de plástico transparente, rasgar todas elas em centenas de pedaços e gritar que foi tudo uma mentira. Odeio a criança que está nas fotos. Odeio que a vida dela pareça ser tão perfeita em preto e branco, quando na vida real é exatamente o oposto.

Na última página, vejo uma foto solitária no meio: um retrato dos meus pais pescando no lago e olhando em direção à câmera com sorrisos no rosto. Bem na borda da foto, a poucos metros dos meus pais, encarando a água com os olhos arregalados e assustados, está uma Ravenna de dez anos de idade. Abaixo, minha mãe escreveu:

DIA DE PESCA!
A POBRE RAVENNA NÃO CHEGA PERTO DA ÁGUA, COMO DE COSTUME.

Com um suspiro pesado, fecho o álbum com força e jogo meu sanduíche pela metade no prato, de repente sem apetite. Pego o álbum e o prato, subo as escadas para colocar a louça suja na máquina de lavar louças, e então vou vagando até o meu quarto e jogo o álbum na cama.

Encaro a bagunça que fiz em meu quarto, decidindo deixá-lo assim por hora, e me jogo na cama de costas, encarando o teto. Uma ideia surge em minha cabeça e rapidamente me viro de bruços e me inclino na beira da minha cama para alcançar o diário que rapidamente joguei lá quando meu pai entrou no quarto. Estou cansada de sentir que, a qualquer momento, as coisas de que me lembrei escaparão do meu alcance. Mesmo que no diário estejam faltando várias páginas que poderiam me dar respostas, ainda há algumas em branco onde eu poderia escrever o que já descobri.

Por exemplo, o tanto que odeio cor–de-rosa, que façam tranças em meu cabelo, todas as minhas roupas e não sei nadar. Posso escrever sobre como fico brava quando alguma coisa me tira do sério, apesar de supostamente ser uma garota boa e doce, e sobre como me lembro de sentir tanta dor que ficava sem ar. Tantas coisas que não valem de nada, mas talvez se eu escrevê-las e olhar para elas por tempo suficiente, tudo irá se encaixar.

Tateando com as mãos, não encontro nada. Inclinando ainda mais o corpo na beira da cama, levanto a saia da cama e olho para baixo, e não encontro nada além do chão vazio. Alguém pegou meu diário. Eu só fiquei fora do quarto por tempo suficiente para procurar na cozinha e comer um jantar rápido. Até onde eu sei, as únicas duas pessoas que estão aqui agora são os meus pais, já que os guias, a recepcionista e os zeladores foram para casa. Os dois são os únicos que podem ter pegado o diário, mas por quê? Não é como se tivesse nada de útil nele, já que falta mais da metade das páginas. Se nem *eu* me lembrava que tinha um diário, então como *eles* sabiam de sua existência e onde estava guardado?

Quando escuto o som dos saltos altos atravessando a sala de estar em direção ao meu quarto, deixo escapar um grunhido e rapidamente me ajeito na cama, cruzando as pernas embaixo de mim, e espero que minha mãe entre. Tenho certeza de que meu pai contou a ela sobre o meu comportamento mais cedo, e ela provavelmente vai me dar uma bronca pela forma como agi com ele.

À medida que os minutos passavam depois que meu pai saiu do quarto, repassei o que aconteceu várias vezes na cabeça, procurando pelas páginas do diário. Até mesmo eu percebi que meu comportamento foi estranho, não importa quão boa tenha sido a sensação, não importa o quanto tenha parecido *certo*. Eu provavelmente deveria ter ido até ele e pedido desculpas. Tenho certeza de que o "antigo eu" teria feito isso, mas eu não conseguiria me desculpar por algo de que não me arrependi.

Estou tão cansada de fingir e de tentar ser a boa garota que simplesmente não sei como ser. Nada parece certo com relação a nada. Eu supostamente deveria ser boazinha e educada, e não fazer perguntas, ainda que minha cabeça esteja me dizendo para ser ruim, barulhenta e questionar tudo.

Minha porta se abre e eu levanto o queixo, me enchendo de confiança para encarar a bronca que certamente levarei. Ela pode ir em frente e gritar comigo; quando terminar, vou perguntar o que diabos ela fez com meu diário.

Minha mãe olha ao redor, para a bagunça que fiz em meu quarto jogando roupas, sapatos e outras coisas mais para fora de todas as gavetas da minha cômoda, e bufa, irritada.

— Que diabos aconteceu com o seu quarto, Ravenna? — pergunta, se inclinando para pegar uma pilha de meias e roupas íntimas que estão próximas à porta, andando até uma das gavetas abertas em minha cômoda e colocando tudo lá dentro.

Eu a observo em silêncio, enquanto ela continua recolhendo as coisas e guardando-as.

— Sinceramente, Ravenna. Sei que as coisas estão difíceis agora, mas isso não significa que você pode se comportar como bem entender — reclama, pendurando um vestido roxo em meu guarda-roupas.

Depois de ter pegado a maior parte das coisas do chão, ela vem até a minha cama e se senta na beirada, colocando as mãos no colo e olhando em meus olhos. Isso me deixa desconfortável como sempre, mas me recuso a desviar o olhar. Eu me recuso a me encolher quando ela me disser que a forma como falei com meu pai foi inaceitável. O que é inaceitável é fazerem com que eu me sinta culpada por querer saber o que aconteceu comigo, e minha mãe pegar algo do meu quarto que pertence a mim.

— Nós precisamos conversar sobre uma coisa muito séria.

Lá vem...

Minha mãe respira fundo antes de alcançar minhas mãos e segurá-las nas suas, apertando-as.

— Por que motivo sua linda roupa de cama cor-de-rosa está no gramado embaixo da sua janela?

Ela me olha de forma tão afetada que não consigo segurar a gargalhada que sai de mim. Seus olhos se estreitam em irritação e isso só me faz rir mais ainda.

— Isso não tem graça, Ravenna — ela me repreende. — Você tem alguma ideia de quanto essa roupa de cama foi cara? E você simplesmente a jogou no gramado como se não fosse nada.

Só mesmo a minha mãe para achar que essa é uma questão importante agora.

— Eu odeio esses cobertores. A cor é horrorosa e não os quero na minha cama — digo a ela.

— Você sempre amou a cor rosa — sussurra, triste.

Puxo as mãos das dela e as cruzo na minha frente.

— Bem, agora eu não gosto. Acho que está bem claro que algumas coisas mudaram por aqui ultimamente.

Ela morde o lábio inferior, nervosa, e finalmente desvia o olhar de mim para a janela próxima à minha cama.

— Tudo ficará bem, você verá — fala, suave.

Não sei bem se as palavras dela são para mim ou se está tentando convencer a si mesma.

— Nada ficará *bem* até que eu obtenha respostas, até que consiga me lembrar de todas as coisas que ninguém parece estar se importando a me ajudar a entender — digo a ela, irritada. — Até que alguém me diga porque o meu diário sumiu do meu quarto.

Ela vira a cabeça para olhar para mim, inclinando-a para o lado. Ela estende a mão em minha direção, mas eu recuo de seu alcance. Não quero que ela me conforte. Eu quero respostas.

— Diário? Que diário? — pergunta, tentando esconder a dor que sentiu quando me afastei dela. — Ravenna, não sei do que se trata tudo isso, mas é claro que quero te ajudar. Eu daria tudo para poder consertar as coisas, mas não sei como.

Deixo a questão do diário de lado por hora, já que ela realmente parece não fazer ideia do que se trata. Em vez disso, foco no fato de que talvez ela esteja dizendo a verdade. Talvez ela realmente fosse capaz de qualquer coisa para melhorar as coisas.

— Você pode consertar as coisas me dizendo a verdade. Apenas me diga a verdade, pelo amor de Deus! — grito, incapaz de manter minha raiva e frustração sob controle, não importa quão gentil e amorosa ela seja comigo.

— Eu nunca mentiria para você.

Zombo e nego com a cabeça para ela.

— É claro que mentiria, assim como papai te disse para fazer. Apenas continue me lembrando quem eu sou e tudo ficará bem, certo? Apenas continue fazendo o que ele disser, mesmo que você saiba que algo não está certo, que há algo de errado comigo. Não se preocupe em pensar com a própria cabeça, apenas continue seguindo como a ovelhinha obediente que você é.

O tapa em minha bochecha vem rápido e sem aviso prévio, apesar de que eu deveria tê-lo previsto. O que não consigo prever é o lampejo de memória que explode em minha mente assim que sinto o ardor da palma da mão dela na lateral do meu rosto.

"Sua vadiazinha desrespeitosa! Como você ousa falar comigo desse jeito!"

Pressiono a mão na bochecha para amenizar a dor e olho para ela, a raiva em seu rosto sumindo rapidamente e sendo substituída por arrependimento.

— Ah, meu Deus! Ah, Ravenna, sinto muito. Eu nunca fiz nada parecido com isso antes. Me desculpe — implora, lágrimas surgindo em seus olhos.

Mentiras.

Ela já esteve em minha frente antes, no quarto de hóspedes, com a colcha azul que eu prefiro, e paredes azuis em tom pastel, com o rosto vermelho de fúria enquanto batia em meu rosto e me xingava. O trovão ressoava lá fora, a chuva batia na janela e ela me dizia que eu não tinha permissão para sair do quarto, e depois saía dali batendo a porta atrás de si.

Mesmo com a forma deprimente que ela olha para mim e o jeito que continua tentando me transformar em alguém que eu claramente não sou, trançando meu cabelo e cobrindo minha cama de cor-de-rosa, eu ainda tinha uma pontinha de esperança de que ela seria honesta comigo e me defenderia após a discussão que a ouvi tendo com meu pai. Essas esperanças saíram voando pela janela como aquele cobertor feio e estúpido assim que me bateu e mentiu sobre nunca ter feito nada parecido antes.

— Saia. Daqui.

Vejo as lágrimas descerem pelas suas bochechas e sequer me importo por tê-la feito chorar.

— Ravenna, por favor — implora, através das lágrimas. — Me desculpe. Eu nunca…

— SAIA DAQUI! — grito, interrompendo-a e apontando para a porta.

Ela pula da minha cama rapidamente e, assim como meu pai fez mais cedo, deixa o meu quarto com uma expressão de medo no rosto.

Ótimo. Eles *deveriam* me temer. Se não vão me ajudar, é bom mesmo que tenham medo do dia em que eu finalmente descobrir tudo. A única coisa que me surpreende sobre a troca com a minha mãe é que ela nunca mencionou o que aconteceu com meu pai. Não é possível que ela simplesmente tenha varrido isso para debaixo do tapete. Seria a oportunidade perfeita para ela me lembrar de quão boa e doce eu supostamente sou. Levando em conta que são marido e mulher, duas pessoas que deveriam amar uma à outra, meu pai não deveria ter contado a ela o que eu disse? Nós não deveríamos estar preocupados o suficiente com minha declaração estranha sobre segredos escondidos para pedir ajuda a ela, para que pudessem resolver este problema como um time? Eles não apenas estão escondendo as coisas de mim, mas também um do outro.

— Meu nome é Ravenna Duskin. Tenho dezoito anos, moro em um presídio e vou descobrir a verdade, mesmo que isso destrua todos ao meu redor.

CAPÍTULO 8

— *Mas, senhor... nós viemos até aqui hoje só para preencher este buraco* — reclama Ike.

— *Eu disse para vocês irem para casa e avisar ao restante dos homens que seus serviços também não serão necessários esta noite* — responde meu pai, com firmeza.

Mantendo minhas costas pressionadas contra a parede do lado de fora da porta que leva ao porão, permaneço o mais imóvel possível para que ninguém saiba que estou lá, os dois homens discutindo nas escadas abaixo. Eu saí do meu esconderijo quando escutei vozes e sei que deveria ter continuado onde estava, mas precisava saber o que estava acontecendo. Precisava saber o que meu pai faria para tentar consertar o problema que ele mesmo criou. Agora que sei, me dá vontade de rir. Nas últimas semanas, eu o vi cobrando Ike quase todos os dias sobre o conserto do buraco no porão e sobre como isso já deveria ter sido feito a essa altura. É engraçado ver que de repente ele mudou de ideia e agora está saindo como bobo na situação.

Você não conseguirá esconder os seus segredos para sempre, papai querido.

— *Eu não entendo, senhor Duskin. Você vem nos pedindo para consertar o buraco no porão há meses. Passei semanas fazendo ligações para pedir terra para preenchimento e tive que cobrar vários favores para que fosse entregue no domingo* — explica Ike.

— *Quantas vezes eu vou ter que falar?* — grita meu pai, sua voz ricocheteando nas paredes de pedra da pequena escada. — *Eu mudei de ideia. O buraco fica.*

— *Mas, senhor...*

— Saia imediatamente se quiser continuar trabalhando aqui! — *interrompe meu pai, enfático, sua voz sobrepondo a tempestade que ruge lá fora.* — *Seu descuido e sua estupidez já causaram danos o suficiente. Descubra uma forma de consertar essa bagunça em vez de piorar as coisas.*

Ouço alguns xingamentos murmurados e o arrastar de pés nas escadas, um conjunto descendo em direção ao porão e o outro chegando mais perto de mim. Movo-me o mais rápida e silenciosamente que consigo ao longo do corredor para o museu de artefatos, mas não o suficiente.

— *Do que você está fugindo, garotinha?* — pergunta Ike.

Viro-me lentamente na porta do museu e o vejo fechando a porta do porão atrás de si antes de caminhar pelo corredor em minha direção. Ele é um homem alto, com bem mais de um metro e oitenta de altura e braços da grossura de troncos de árvores, em torno dos quarenta anos de idade.

Ele está usando um macacão azul-escuro e uma camiseta por baixo que provavelmente um dia foi branca, mas agora está tão coberta por sujeira e suor que parece cinza. Ele é zelador aqui há mais de dez anos e meu pai recentemente começou a deixá-lo conduzir algumas visitações quando estamos ocupados. Ele acha que isso o torna especial. Acha que isso o transforma em uma autoridade em tudo que acontece aqui, mas ele não sabe de tudo. Não sabe do que sou capaz. Ele vem me observando há semanas, enfiando o nariz onde não é chamado, não importa onde estou ou o que esteja fazendo, e para mim já chega.

Ele continua se movendo pelo corredor até ficar cara a cara comigo, mas mantenho minha posição, me recusando a me mover ou deixá-lo me intimidar, ainda que o cheiro de seu suor me dê ânsia de vômito. Ike se inclina até que sua boca esteja bem perto da minha orelha.

— *Você pode conseguir enganar todo mundo, garotinha, mas eu sei o que você fez. Sei o que você é.*

Cerro os dentes quando ele se afasta e ri, seu hálito quente cheirando a cebola sopra em meu rosto.

— *Sou alguém de quem você deveria se manter bem longe* — digo a ele com um sorriso, cortando sua risada debochada.

A confiança em seu rosto desaparece e meu sorriso se alarga quando vejo seu pomo de adão subir e descer enquanto ele engole em seco.

O barulho de passos subindo as escadas do porão é a única coisa que me faz me mover de onde estou. Posso não temer o homem nojento em minha frente ou o que está subindo as escadas, mas não sou idiota. Analisando o corpo gigante de Ike, viro-me e corro para as escadas que levam à porta da frente.

Ouço Ike rir atrás de mim, mas rapidamente escancaro a porta pesada.

— *Corra, garotinha, corra! Você não tem mais como se esconder!* — grita Ike, sua risada ecoando, e desço os degraus correndo e saio para a chuva torrencial.

Meus olhos se abrem lentamente e eu me sento, esfregando-os. Pela primeira vez nos últimos dias, de fato consigo me lembrar de um sonho inteiro em vez de apenas pedaços e fragmentos sem sentido. Não acordo coberta de suor, com medo das coisas que sonhei e não me lembro. Ainda não entendo o que minhas outras lembranças estão tentando me dizer, mas pelo menos tenho outra peça deste quebra-cabeça para acrescentar à pilha de todas as outras que até agora não serviram para nada.

Afastando os cobertores de mim, paro, olhando para baixo, para o cobertor azul-escuro que minha mãe deve ter colocado em minha cama quando eu estava no banheiro, tomando banho para dormir. Tenho certeza que foi sua forma de tentar remediar o que aconteceu, mas não funcionou. Legitimar meu desgosto por uma cor estúpida não compensa saber que de fato não posso confiar nos meus pais.

Pulando da cama, abro a gaveta de baixo da cômoda e pego calças jeans que encontrei no fundo do meu armário ontem, quando fiz aquela bagunça em meu quarto. Pego uma tesoura que está em um copo de plástico na prateleira de cima e rapidamente corto o material duro da parte superior da coxa para baixo. Puxo o short jeans recém-cortado para cima, por baixo da minha camisola, imediatamente amando a forma como me sinto. Com a tesoura ainda na mão, a levo até a cintura do meu vestido, cortando uma linha irregular ao redor do corpo até que a metade rendada inferior caia no chão, aos meus pés. Jogando a tesoura de volta, tiro o elástico que prende a ponta do meu cabelo e esfrego as mãos no couro cabeludo, desfazendo a trança que minha mãe fez ontem de manhã.

Quando termino, olho para mim mesma no espelho e finalmente sorrio ao ver o reflexo que me encara de volta. A parte de cima da camisola, que agora é uma regata, é feita de um algodão tão fino que, se você olhar bem, pode ver meus seios através dela. O agora minúsculo short jeans faz minhas pernas parecerem ter um quilômetro de comprimento e meu cabelo preto grosso caindo em ondas soltas pelas minhas costas me fazem parecer selvagem e mais velha que os meus dezoito anos de idade. Afastando-me do meu reflexo, ando suavemente pelas tábuas do piso de madeira, abro a porta silenciosamente e presto atenção para tentar ouvir qualquer som dos meus pais. Por mais que eu queira continuar importunando-os e discutindo até que um deles finalmente ceda e admita algo verdadeiro para mim, estou mais preocupada com o meu sonho e em tentar descobrir todos os eventos que rondam o que aconteceu naquela noite.

Quando não ouço nada além de silêncio escada abaixo, atravesso a sala de estar e desço para o primeiro andar. Ao chegar, dou a volta no corrimão e vou na direção oposta da porta da frente. Ao chegar à parte de trás das escadas, ando até a porta escondida na parede que fica embaixo dela. Olhando rapidamente ao redor para me certificar de que estou sozinha, passo alguns segundos quieta, atenta para saber se alguém está se aproximando. Não ouço nada além do tiquetaquear feito pelo pêndulo do velho relógio na extremidade oposta do museu de artefatos e sigo em frente, olhando para a porta que leva ao porão, a primeira parada da visitação do presídio, aquela que anima e assusta as pessoas ao mesmo tempo.

Porões em prédios antigos são sempre assustadores, mas um porão em uma velha prisão onde ficava a solitária e vários atos indescritíveis foram infligidos aos prisioneiros, alguns deles fatais, é de dar arrepios.

Sei que o porão está praticamente vazio e a temperatura cai alguns degraus assim que se chega ao final da escada. É bem comum que isso aconteça em cômodos localizados no subsolo, mas há algo de diferente no ar daqui. Está ainda mais frio do que deveria e, de vez em quando, os visitantes passam por uma lufada de ar ainda mais gelada do que o normal que não tem explicação, visto que o porão não tem janelas.

Sinto que parte de mim nunca gostou do porão, assim como essa mesma parte supostamente nunca gostou de ir ao bloco de celas, como disse meu pai. Então tem a outra parte, aquela gritando para sair, que se sente mais livre com o cabelo solto e longe de vestidos abafados, querendo descer lá, que sente algo a puxando naquela direção, exatamente como aconteceu no bloco de celas.

Meu pai perdia a paciência quando os homens vinham trabalhar no porão. Lembro-me muito claramente da necessidade de rir do quão firme ele era com a ideia de que ninguém deveria descer ao porão. Deve haver um motivo para eu ter sonhado em ouvir aquela conversa. Deve haver uma razão pela qual me coço em excitação para abrir esta porta e descer aquelas escadas, porque meu corpo vibra com uma energia urgente pensando que o que está atrás desta porta pode ser a resposta para todos os segredos que não consigo desvendar e que ninguém quer me contar.

Ter esse sonho me lembrou das várias vezes que ouvi meu pai discutindo com Ike e alguns dos outros homens sobre o buraco no porão. Ele fica localizado em uma sala separada no outro extremo e, embora dê aos passeios um fator assustador adicional quando os visitantes ouvem sobre o que aconteceu naquele buraco em 1800, também é perigoso. Localizado diretamente acima de uma nascente natural, toda vez que chove o buraco se enche de água, e meu pai estava ficando preocupado que pudesse ser uma dificuldade muito grande mantê-lo intacto. Por que, de repente, ele estava tão inflexível com a ideia de que ninguém deveria descer lá? Por que, depois de meses reclamando sobre o preenchimento do buraco, ele de repente mudou de ideia?

Coloco a mão na maçaneta, girando-a rapidamente, e encontro resistência na mesma hora. Sacudo a maçaneta com mais força, puxando a porta ao mesmo tempo, mas ela não abre. Está trancada. As únicas portas trancadas na prisão nos dias de visita são as do andar de cima, dos nossos aposentos, para o caso de visitantes vagarem por onde não deveriam.

Verificando o relógio em meu pulso, vejo que a prisão está aberta há mais de uma hora. Mesmo nos dias em que não temos visitas agendadas, as pessoas são bem-vindas para entrar e visitar a loja de presentes e o museu; desde que não haja reparos internos acontecendo, meu pai geralmente permite que andem por certas áreas por conta própria, caso não queiram um guia para explicar as coisas. Nenhuma parte da prisão deveria estar trancada agora. O fato de que a única área que preciso explorar está trancada me irrita e eu bato a palma da minha mão contra a madeira, murmurando alguns xingamentos baixinho.

— Eu não sabia que boas meninas conheciam esse tipo de linguajar.

Viro-me e encontro Nolan encostado no corrimão da escada com um sorriso no rosto.

— Bom, felizmente eu não sou uma boa menina — rosno, revirando os olhos e passando por ele.

Ele corre para me alcançar, dando a volta ao meu redor para me impedir de sair pela porta da frente.

— O que te deixou de mau humor? — pergunta, e me arrasto para o lado para desviar dele, que se move junto comigo facilmente, continuando a impedir minha fuga deste lugar frustrante.

— Pessoas que mentem para mim tendem a me irritar. Agora saia do meu caminho.

Eu o empurro bruscamente para o lado e, embora ele tenha uns bons trinta quilos a mais que eu e pudesse ter se mantido no lugar, ele se move para me deixar passar. Infelizmente, me segue para o lado de fora. Meus pés descalços batem contra a madeira enquanto desço os degraus e viro à esquerda, indo em direção ao lago.

— Quer conversar sobre isso? — pergunta, atrás de mim.

Percebendo que ele vai continuar me seguindo e tendo decidido ontem mesmo que queria falar com ele, paro no meio do quintal sob a sombra de um grande carvalho e me viro para encará-lo.

— Tudo bem, quer conversar? Vamos conversar. Me diga como você sabia que eu não sabia nadar — digo para ele.

Com a cabeça erguida, tento não pensar em como soei idiota naquele dia, quando não fazia ideia de que não sabia nadar, surtei e saí correndo sem dizer mais uma palavra a ele. Não vou deixar que ele me faça sentir boba só porque sabe coisas sobre mim das quais não me lembro. Vou usar isso a meu favor e espero que ele seja mais honesto comigo do que meus pais.

— Uau, direta e reta — afirma, com um sorriso, e desliza as mãos no bolso de trás da calça jeans.

Bato o pé no chão e levanto a sobrancelha, esperando que ele responda à minha pergunta. Ele suspira e encosta o ombro casualmente na lateral da árvore.

— Eu trabalho aqui há dois anos — responde.

— Eu já sabia. Isso não responde à minha pergunta. Como você descobriu que eu não sabia nadar?

Ele não desvia o olhar de mim e, embora me deixe desconfortável ser encarada dessa forma, isso também faz com que eu sinta que ele não vai mentir para mim. As pessoas parecem desviar o olhar ao me contar coisas que acho difícil de acreditar.

— Não há tantas pessoas trabalhando aqui no presídio — ele começa. — Somos um grupo bastante unido, já que trabalhamos juntos o dia inteiro, todos os dias, e alguns caras estão aqui há muito mais tempo do que eu. As pessoas ouvem coisas, as pessoas falam. A maior parte é fofoca boba. Alguém mencionou uma vez como era estranho você ter tanto medo da água e como nunca chegava perto do lago.

Ele dá de ombros, como se não fosse grande coisa as pessoas que trabalham aqui falarem de mim pelas costas.

— Então você sabia porque faz fofoca no seu local de trabalho? — zombo.

— No começo, sim. Mas eu perguntei a você algumas semanas atrás se era verdade e você mesma me disse. Alguma coisa sobre um acidente quando você era pequena, aos cinco anos, eu acho. Você não me contou muito, só disse que desde então ficou com pavor de água.

Meus braços caem para os lados enquanto reflito sobre isso. Algo sobre o que ele está dizendo me parece familiar. Não sei se é porque alguma parte de mim se lembra do acidente ou se é porque me lembro de ter contado a ele. Só sei, lá no fundo, que aconteceu alguma coisa na água quando eu era pequena. Não sei por que parece verdade, mas parece. E isso também me deixa com mais questionamentos. Por que eu me lembro de mim mesma nadando? Por que, quando fecho os olhos, quase consigo sentir a água contra minha pele, meus músculos queimando ao dar as voltas, a sensação de cortar a água com os braços, e sei exatamente como é abrir os olhos quando estou lá embaixo? Como é possível que eu me lembre instintivamente de todas essas sensações se não for verdade? É a mesma coisa do meu cabelo trançado e dos vestidos feios no meu armário. Eu simplesmente sei quando não está certo, quando parece estranho.

— Por que você me olhou como se me odiasse naquele dia em que deixou flores para meu pai? — pergunto, em seguida. Claramente, se tivemos conversas pessoais antes do acidente, ele não me odiava tanto.

Ele desvia o olhar de mim, mas vejo suas bochechas corarem e sei que é de vergonha e não porque está mentindo.

— O que você espera que eu diga, Ravenna? — sussurra, olhando para os pés e chutando uma pedra perdida com a ponta de sua bota de trabalho.

— Quero que você me diga a verdade! — grito com ele, jogando as mãos para cima em exasperação. — Meus pais não fizeram nada além de mentir para mim nos últimos dias e estou cansada disso. Achei que você era diferente. Achei que alguém que me salvaria de um afogamento poderia ser um cara legal.

Nervoso, ele passa a mão pelo cabelo e solta uma enorme lufada de ar pelos lábios. Sou atingida imediatamente pela lembrança de beijá-lo. Estava escuro lá fora e nós estávamos na varanda da frente. Havia um raio ao longe e a noite estava quente e abafada. Seus lábios eram macios e não se pareciam com nada que eu já tivesse sentido antes. Lembro-me de beijá-lo, porque sabia que era errado e isso me excitava. Eu estava com raiva. Tanta raiva. Com tanta raiva que não sabia se queria bater nele ou beijá-lo. Eu escolhi o beijo e, ao invés de fazer eu me sentir melhor, só me deixou mais irritada porque gostei muito. Não queria gostar. Fiz isso para provar um ponto e o tiro saiu pela culatra. Lembro-me de bater a porta na cara dele, rindo em choque.

— Jesus — murmura, interrompendo meus pensamentos e afastando meus olhos de seus lábios. — Certo, tudo bem. Quer saber a verdade? A verdade é que eu tive uma queda por você durante dois anos e você nunca me deu atenção em todo esse tempo. Isto é, até duas semanas atrás. De repente, você começou a me procurar quando eu estava trabalhando. Eu deveria saber que tinha alguma coisa errada, mas estava muito feliz por você finalmente falar comigo. Você era tão diferente da garota que eu vinha observando de longe há dois anos. Diferente dos boatos que ouvi e das coisas que vi com meus próprios olhos.

— Diferente como? — sussurro, sem saber se quero que ele responda, já que estou começando a perceber que posso ter sido uma pessoa realmente horrível antes de tudo isso acontecer.

— Não sei, só diferente. Seu cabelo estava sempre perfeitamente arrumado e seus vestidos sempre perfeitamente passados. Você andava com o nariz empinado como se fosse melhor que todo mundo — ele me conta.

— Bem, isso explica por que você tinha uma queda por mim. Aparentemente eu era uma pessoa maravilhosa — respondo, sarcástica.

— Ravenna, eu sou homem. E você é muito, muito bonita. A queda que eu tinha por você era superficial, pode ter certeza.

Isso faz eu me sentir muito melhor.

— Até duas semanas atrás — ele continua. — E aí você era só… completamente diferente do que eu pensava. Usava o cabelo solto quando vinha me ver e sempre usava jeans e camiseta, como agora. Pela primeira vez, não me senti um completo perdedor que não merecia sua atenção. Foi realmente estranho que você tenha começado a fazer isso do nada, mas eu não questionaria isso. Eu gostava de passar o tempo com você. Acho que fiquei chateado naquele dia em que deixei as flores porque, de repente, você voltou a ser a garota esnobe com o cabelo perfeito e as roupas perfeitas. E você claramente não queria nada comigo de novo.

Não consigo nem ficar feliz com este comentário *lindo* ou com o fato de ele ter gostado de passar um tempo comigo. Estou muito ocupada presa ao fato de que eu era uma grande esnobe. Eu era má *e* esnobe.

— Então naturalmente você presumiu que eu estava fingindo uma lesão cerebral para não ter que me responsabilizar por tê-lo tratado como um ser humano pela primeira vez em dois anos — respondo, sarcástica. — Que maravilha.

Ele dá um passo em minha direção, ficando tão perto que preciso esticar o pescoço para olhar para ele. Seus olhos são do tom de azul mais lindo que já vi e tenho dificuldade em desviar deles. Sinto como se tivesse esperado toda a minha vida para alguém que alguém olhasse para mim, como se eu significasse alguma coisa, e isso faz meu estômago revirar e me enche de raiva por nunca ter recebido o que merecia. Eu merecia uma vida boa, merecia ser amada, e não é justo que a única coisa que recebi tenha sido dor.

Esse pensamento… Essas palavras soando na minha cabeça são tão familiares que fazem meu peito doer. Sei que esses pensamentos são verdadeiros e são algo em que acredito com todo o meu coração. Algo pelo qual chorei, gritei e me enfureci por tanto tempo, que se tornou meu mantra, meu estilo de vida e algo que eu sabia que passaria o resto da vida sentindo, porque nunca teria como escapar da dor.

Dou um passo para longe de Nolan e fecho os olhos, tentando me imaginar dizendo essas coisas. Tento visualizar ao redor para saber o que faria eu me sentir tão desolada, mas tudo que vejo é a escuridão atrás de minhas pálpebras.

— Se faz você se sentir melhor, eu definitivamente prefiro a forma como você está agora — diz Nolan, suavemente, e abro os olhos para encará-lo.

— E como eu estou agora? — sussurro.

Ele dá de ombros e desliza as mãos de volta para os bolsos.

— Você se parece com *você*, não como se você estivesse tentando ser outra pessoa.

É a melhor coisa que ele poderia me dizer agora e me dá esperança de que não estou louca por não me sentir como *eu mesma* sempre que me olho no espelho. Como Nolan parece não ter nenhum problema em ser honesto comigo, mesmo que o que ele tem a dizer possa lhe deixar com vergonha, eu passo para uma última pergunta.

— Quão bem você conhece Ike Jenson?

Nolan se encolhe à menção do nome de Ike.

— Ele está aqui desde que comecei, é muito reservado. Por quê? — pergunta Nolan, uma de suas mãos subindo para esfregar a nuca em um gesto nervoso.

— Meu pai disse alguma coisa sobre ele não estar vindo trabalhar há alguns dias e me perguntei se isso era típico dele.

Seus olhos se estreitam e ele inclina a cabeça para o lado, pensando no que eu disse.

— Sabe, agora que você mencionou, ele não esteve aqui desde o dia em que você se machucou… Tenho estado tão ocupado por aqui que nem percebi isso até você dizer.

Não acredito em coincidências. Principalmente depois de ter me lembrado da conversa que ouvi entre meu pai e Ike naquela noite. Eu começo a me afastar de Nolan com a mente já se movendo muito rapidamente enquanto planejo o que fazer em seguida.

Nolan agarra meus quadris para me parar, virando meu corpo de volta para encará-lo. Por apenas um momento, eu gostaria de ser uma jovem normal e apreciar o homem que está me segurando, flertar com ele, aproveitar o momento. Infelizmente, eu não sou uma garota normal e tenho certeza de que nunca serei.

— Se ele voltar, fique longe dele, Ravenna. Esse cara não é uma boa pessoa — adverte Nolan.

Eu rio, me afastando dele mais uma vez, sentindo falta do conforto de suas mãos em meu corpo assim que elas se afastam.

— Engraçado, foi exatamente isso que meu pai disse sobre você.

Eu me afasto dele sem dizer mais uma palavra e ele me deixa ir desta vez. Enquanto faço meu caminho de volta sozinha para a prisão, passo pelas portas me sentindo um pouco melhor do que quando saí.

— Meu nome é Ravenna Duskin. Tenho dezoito anos, moro em um presídio e cansei de ser a garota que meus pais querem que eu seja.

CAPÍTULO 9

Pare de lutar, pare de se debater, apenas afunde e se deixe ir.

A água se agita com raiva a cada golpe descoordenado de um braço tentando alcançar alguma coisa que possa ajudar, algo para agarrar, mas não adianta. Não há nada que irá ajudar, nada que irá salvá-la.

Apenas afunde. Tudo isso vai acabar logo se você simplesmente afundar.

A água fria cobre o queixo, a boca, o nariz, os olhos arregalados e assustados e depois... tudo desaparece.

É isso: desapareça, vá embora, todo mundo vai ficar mais feliz se você se for. Não dê ouvidos aos gritos porque eles não chegarão aqui a tempo. Eles não serão capazes de afastar a dor; eles nunca foram capazes de afastar a dor. Será melhor se você não existir.

Engula a água, respire, feche os olhos e simplesmente se deixe ir. Só vai doer por um momento, e então você estará livre.

Não quer se livrar da dor? Não queria estar livre do mal que se esconde dentro de sua cabeça e a segue aonde quer que vá?

Eles não querem me salvar, só querem que eu desapareça.

Vou mostrar a eles como é perder tudo. Farei com que se arrependam.

Deixe-se ir até o fundo, deixe-os ver o que acontece quando fecham os olhos para a dor que causaram.

Inspire, engula a água, deixe seus pulmões se encherem até estourarem e mostre a eles.

Mostre a eles o que acontece quando você tenta esconder segredos.

Mostre a eles que a morte é a única maneira de escapar da dor do que fizeram.

Eles mesmos causaram isso. A esperança, o futuro e os segredos deles... afundando no lago, morrendo diante de seus olhos.

Pare de lutar.

Apenas se deixe ir.

Tudo isso acabará em breve.

Eu me engasgo e meus olhos se abrem enquanto tropeço para trás com a minha cabeça girando freneticamente e olho ao meu redor. Enfio as palmas das mãos em meus olhos, esfregando-os e tentando afastar o sono antes de olhar em volta mais uma vez. Não há nada além de escuridão ao meu redor, além da lua cheia brilhante refletida na superfície do lago.

Por que eu estou no lago no meio da noite?

Olhando para a parte da frente do meu corpo, vejo que ainda estou vestindo a camisola de algodão rosa que coloquei antes de dormir. Meus pés descalços estão na madeira frágil no final da doca e estão molhados, cobertos de orvalho e grama úmida da caminhada pela propriedade para chegar até aqui, e percebo que devo ter andado dormindo. A umidade do ar cobre minha pele com uma fina camada de suor e, ao olhar para o lago iluminado pela lua, a água fria me chama. A tranquilidade silenciosa da noite, preenchida apenas com os sons de grilos cantando e sapos coaxando, me distrai do pensamento assustador de que vaguei até aqui sozinha no meio da noite enquanto dormia.

E se eu tivesse caído? E se tivesse *pulado*? Estou aqui sozinha, no meio da noite, e meus pais nunca saberiam porque acham que estou dormindo na minha cama, segura e escondida, onde eu deveria estar. Eles não me ouviriam gritar de tão longe e não seriam capazes de me salvar. Penso em meu sonho, uma lembrança do acidente que me contaram que aconteceu comigo quando eu era pequena, e o motivo de eu ter medo da água e nunca ter aprendido a nadar. Meu corpo aquecido de repente fica frio e passo os braços em volta de mim.

Talvez eles estivessem certos... Talvez não tenham mentido para mim sobre isso.

Olhando para a água escura, posso me ver afundando, meus olhos arregalados de pânico, a água cobrindo minha boca e meu nariz, mas não sinto medo. No meu sonho, parecia que eu estava fora do meu corpo, olhando para mim mesma, incitando aquela garotinha a deixar a água levá--la. Sinto a excitação percorrendo meu corpo, imagino aquele dia e me vejo desaparecendo sob a água. A felicidade toma conta de mim ao saber que tudo vai acabar logo e a dor finalmente vai passar.

TARA SIVEC

Olho para a água ondulante, os peixes se movendo sob a superfície. A luz da lua lentamente começa a desaparecer e uma nuvem se move para a frente dela. Ainda estou grogue de sono, no meu limite por saber que caminhei até aqui sozinha no meio da noite sem me lembrar de ter feito isso, mas ainda tenho um desejo anormal de pular na água. Quero ter certeza de qual das minhas memórias é real. Imediatamente afasto o pensamento da minha mente. Mesmo meio adormecida, ainda não sou estúpida o suficiente para fazer algo tão idiota. Não vou colocar minha vida em risco apenas para testar uma teoria e provar que estou certa, não importa o quanto eu queira.

Levantando o pé para dar um passo para trás da beira do cais, bato as costas em algo duro com força suficiente para me fazer perder o equilíbrio. Não dá tempo de eu gritar nem de virar a cabeça. Não consigo fazer nada além de girar meus braços no ar e me arremessar para o nada. Engasgo de medo e choque quando meu corpo atinge a água fria, engolindo um bocado durante o mergulho. Sou imediatamente absorvida pela escuridão ao afundar como uma pedra. Abro a boca para gritar e mais água flui para dentro, para os meus pulmões e para o nariz. Esqueço-me de tudo, menos do sonho e da necessidade de me deixar ir, permitindo que a escuridão me leve. Esqueço-me de lutar, de mexer os braços e as pernas, esqueço-me da dor. Não há dor aqui no fundo do lago. Não há confusão, mentira, segredos... Nada além de silêncio e liberdade de tudo aquilo que me machuca.

Garotas más têm o que merecem. É hora de você desistir e aceitar o que você é. Você não tem salvação e nunca terá.

Eu não quero isso. Não mereço isso. Não posso deixar que tudo se acabe assim, não é justo. Sempre fui uma guerreira e não vou deixá-los vencer. Não posso deixá-los vencer. Meus pulmões estão pegando fogo e meu corpo está entorpecido, mas me recuso a desistir. Forço minha mente de volta ao foco e me concentro, deixando minha adrenalina e meu instinto entrarem em ação. Começo a mover minhas pernas e a empurrar meus braços contra a água. À medida que meu corpo começa a se erguer do fundo do lago lentamente, a determinação flui através de mim, ao acessar uma habilidade que agora sei que possuo. Meus braços deslizam pela água em um nado de peito perfeitamente executado, minhas pernas chutando mais e mais forte, me impulsionando para cima tão rápido que minha cabeça sai da superfície em segundos. Eu tusso e cuspo a água de meus pulmões, batendo as pernas constantemente para manter minha cabeça acima da água.

A dor irradia do meio das minhas costas, mas continuo movendo meus membros ao me lembrar de que que não estava sozinha aqui no meio da noite. Alguém me seguiu... Alguém *me empurrou*.

Eu continuo na água, empurrando e puxando minhas mãos pelo lago ao redor do meu corpo, chutando mais forte com as pernas para me girar em um círculo. Procuro ao longo da beira do lago inteiro, o cais estando a alguns metros de distância, e também pelo caminho que leva de volta para o presídio. Procuro um rosto escondido nas árvores ou um vislumbre de alguém fugindo, mas não encontro nada além de sombras no terreno vazio.

Meus olhos se acostumaram com a escuridão da noite, mas é difícil ver muita coisa aqui. Apesar disso, sei que há alguém aqui. Consigo sentir olhos me observando, escondidos nas sombras em que minha visão não consegue penetrar. Deixe esse imbecil assistir. Deixe-o ver que não dá para se livrar de mim tão facilmente. Deixe-o perceber que tudo o que ele conseguiu ao me empurrar para dentro do lago foi despertar o canto da minha mente que se lembra que estar na água me faz sentir viva.

Mergulhando a cabeça para trás para tirar o cabelo emaranhado do meu rosto, viro-me de bruços e deslizo facilmente os braços pela água — direita, esquerda, direita, esquerda — mantendo meu rosto inclinado para o lado para que eu possa respirar e nadando suavemente até a margem leste do lago. Alguns metros antes da borda, mergulho até o fundo e depois pego impulso no fundo lamacento para voltar à superfície, na direção oposta.

Eu nado perfeitamente, como se tivesse feito isso durante toda a minha vida, porque claramente o fiz. Nado até que a adrenalina de lutar pela minha vida desapareça rapidamente e eu tenho dificuldade em manter meus olhos abertos, mesmo que não queira nada mais do que ficar na água para sempre. Deixo que os sons dos meus braços e pernas espirrando na água me acalmem enquanto nado até o final da doca e me levanto, caindo de costas nos painéis irregulares de madeira. Olho para as estrelas e recupero o fôlego, sem me importar se há alguém me observando, não mais com medo de quem espreita nas sombras.

— Meu nome é Ravenna Duskin. Tenho dezoito anos, moro em um presídio e esses segredos e mentiras não vão me matar; eles apenas me tornarão mais forte.

CAPÍTULO 10

Subo as escadas para o meu quarto silenciosamente, tiro minha camisola encharcada e a escondo no fundo do cesto de roupas sujas. Coloco uma camisola seca, pego uma toalha do banheiro e desço as escadas na ponta dos pés, limpando o rastro de poças e pegadas molhadas que deixei para trás. Percebo que o que estou fazendo não é um comportamento normal. Sei que uma garota comum de dezoito anos, depois de ser jogada por alguém em um lago e quase se afogar, uma semana depois de sofrer um acidente inexplicável na floresta, provavelmente estaria morrendo de medo e correria direto para os pais, acordando-os para que a fizessem se sentir melhor.

Está na hora de parar de fingir que sou uma garota normal e de esperar que meus pais sejam assim também. Eles discutem e guardam segredos, mentem para mim e me olham com medo. Nada em nosso relacionamento é normal.

Algo mudou dentro de mim naquela água. Pela primeira vez desde que acordei confusa e desorientada em minha cama, me senti viva e não louca. Algo com que eu sonhei e sentia que era real acabou se tornando verdade. Eu sei nadar, independente do que meus pais me disseram ou do que vi escrito em um álbum de fotos. Não sei por que nunca contei a eles, como aprendi sem que eles soubessem ou por que deixei que continuassem acreditando que algo que aconteceu comigo quando eu era pequena me traumatizou até os dias de hoje.

Não faz sentido que eu não apenas saiba nadar, mas que saiba nadar excepcionalmente bem, como se fosse algo que eu tivesse feito todos os dias da minha vida. Sei que conseguiria ter nadado mais cem voltas sem nunca perder o fôlego ou sentir que meus braços e pernas virariam geleia. Meus músculos não se cansaram e não queimaram de forma a parecer que eu nunca os tinha usado antes. Meu corpo sabia exatamente o que fazer quando forcei o pânico a passar. Nem precisei pensar nos movimentos, pois eles vinham naturalmente: nado livre, nado peito, nado costas, mergulhar e dar cambalhotas para empurrar na direção oposta. Foi emocionante e, enquanto nadava, de repente consegui imaginar outras vezes em que estive na água. Não conseguia me lembrar de tudo. Não lembrava onde estava ou com quem estava, apenas de estar na água e saber que era o único lugar que me dava paz.

Ainda há tantas perguntas sem resposta, mas cansei de tentar me convencer de que meus sonhos e memórias não são reais por não fazerem sentido. Não tenho mais medo das imagens e memórias que passam pela minha mente — eu as desejo. Elas são as peças que faltam e sei que todas irão se encaixar.

Depois de terminar de limpar as escadas e o chão, subo na cama estremecendo ao cair de costas. A emoção de perceber que sei nadar ofuscou o fato de eu ter sido empurrada para dentro do lago. Não sei o quão forte havia sido o empurrão contra as minhas costas, e a dor que sinto agora no meio da minha coluna quando me viro cuidadosamente para o lado prova isso. Deitada aqui na cama, considero muito revelador que meu primeiro instinto não tenha sido correr para os meus pais, mas sim esconder as evidências. A verdade é que não confio neles. Eles não se esforçaram para descobrir o que aconteceu comigo na floresta, então por que se comportariam de forma diferente se eu dissesse que alguém tentou me afogar? Eles provavelmente me diriam que imaginei isso, me lembrariam de que minha cabeça ainda não está boa e que eu deveria descansar um pouco mais e esquecer tudo.

Eu provavelmente deveria estar com medo por alguém ter estado lá fora no meio da noite me observando, se esgueirado por trás de mim e me empurrado para a água. Talvez o culpado ainda esteja por aí, esperando por outra chance de me encontrar sozinha.

Ou talvez a pessoa esteja bem aqui, sob o mesmo teto que eu. Esse pensamento deveria me petrificar, mas não. Em vez disso, me enche de raiva e determinação. Não estou com medo... Estou furiosa. Furiosa porque alguém pensa que sou fraca e que não vou revidar. Furiosa por simplesmente aceitar as mentiras que me contam como verdade e não questionar o que sinto. Furiosa porque, por duas vezes, alguém tentou me machucar e não tenho ideia de quem ou por quê.

Fecho os olhos e adormeço, acolhendo os sonhos que me mostram quem realmente sou, deixando de lado minha recusa em acreditar neles.

Passo a escova no meu rabo de cavalo alto e reviro os olhos para meu reflexo no espelho acima da cômoda. Minha mãe não faz ideia de que passei a tesoura em uma das minhas camisolas e em um short jeans. Ela não faz ideia de que fui lá fora e conversei com Nolan estando sem sutiã sob a minha blusa fina, com meus cabelos em uma bagunça selvagem em volta dos ombros. Por mais que eu queira andar por aqui esfregando na cara dos meus pais que não vou me encolher diante deles e que me recuso a simplesmente aceitar as coisas que me dizem, não vou fazer isso ainda. Essa roupa, além do cabelo solto, é uma das poucas coisas na minha vida que parecem *certas*. Por mais que me sinta melhor me vestindo assim e por mais que isso faça eu finalmente me sentir como *eu mesma*, em vez de um fantoche dos meus pais, não estou pronta para compartilhar isso, a menos que eles façam algo para me provar sem sombra de dúvidas que posso confiar neles. Não quero que estraguem a única coisa que me faz sentir normal em vez de louca, ao me alimentar com mais mentiras sobre garotas boazinhas, adequadas e todas as outras besteiras que me fazem querer odiá-las. Por enquanto, vou usar esses vestidos estúpidos e puxar os cabelos para trás, mantendo-os longe do meu rosto, mesmo que isso me deixe infeliz.

Meus pais têm seus próprios segredos, e agora eu também. Em algum momento eu aprendi a nadar, e deve haver uma razão para não saberem disso. Até que eu tenha todas as respostas, não faz sentido compartilhar nada com eles.

Uma batida suave soa na minha porta e devolvo a escova para o lugar antes de ir para a minha cama e me sentar na beirada.

— Pode entrar.

A porta se abre e minha mãe entra, olhando para o chão em vez de para mim.

— O Dr. Beall está aqui para seus exames de rotina — ela me diz, em uma voz monótona. — Ele está conversando com seu pai agora e subirá em breve.

Ela não sorri, não chega perto de mim para seu costumeiro tapinha em minha cabeça e não flutua pelo meu quarto pegando coisas e guardando-as. Ela também não preenche o silêncio constrangedor enquanto esperamos que o Dr. Beall suba as escadas, com conversas inúteis e felizes sobre o tempo e quais são seus planos para o dia, ou dando sugestões de coisas que eu poderia fazer para me manter ocupada.

Ultimamente ela tem estado tão animada e fazendo de tudo o que pode para fingir que o que aconteceu neste quarto no outro dia nunca aconteceu que me acostumei com isso, então é completamente chocante vê-la assim. Não me lembro de já tê-la visto sem maquiagem, mas é óbvio que não está usando nenhuma agora. Eu consigo ver as olheiras sob seus olhos devido à falta de sono, e as rugas e manchas que não estão mais escondidas por uma espessa camada de base.

Pela primeira vez desde que me entendo por gente, minha mãe parece velha e cansada. Parece ter quarenta anos, possivelmente até mais velha do que isso se eu olhar para ela por tempo suficiente.

— Tem alguma coisa errada? — pergunto, embora seja óbvio que há algo de errado com ela.

— Não foi nada, só não estou me sentindo muito bem hoje — responde minha mãe, ainda sem fazer contato visual.

Meus sonhos ontem à noite foram cheios de dor e palavras ofensivas, olhares atravessados, decepções e um ódio absoluto com flashes dos rostos de meus pais apontando toda essa crueldade diretamente para mim, sua filha. Não posso ignorar isso e não posso simplesmente deixar de lado o que sinto lá no fundo: que tudo isso está errado. Minha vida, minhas ações, meu passado… Todo o meu ser parece errado e sei que tudo começou na manhã em que acordei desorientada e confusa. Um pequeno ferimento na cabeça com perda esporádica de memória não deveria me fazer sentir como uma pessoa completamente diferente de quem eu deveria ser.

Eu percebo, ao olhar para minha mãe, que não estou nem um pouco preocupada com o bem-estar dela. Não estou preocupada com ela nem com o que está acontecendo com ela. A única razão pela qual perguntei se algo estava errado é porque o silêncio me dava nos nervos e eu tinha que dizer alguma coisa. Sei que é cruel não me importar com a minha própria mãe, mas sentada aqui, olhando para ela, sinto como se algo tivesse mudado dentro de mim ontem à noite e eu nem havia percebido até agora.

Olhando para esta mulher parada na minha porta, não sinto nada além de ódio. Isso também aconteceu em momentos diferentes na última semana e sempre me fez sentir culpada e envergonhada, mas agora não. Eu nem tenho vontade de tentar afastá-la dessa vez. Assim como nadar, me parece certo e algo que sempre fiz. Me parece natural detestar esta mulher e isso faz eu me sentir bem. Acolho o sentimento de ódio. Eu o desejo, me alimento dele e não tenho mais medo disso.

Mal ouço sua resposta, porque minha mente está ocupada com outras coisas. A aversão avassaladora que finalmente permito que se liberte e assuma o controle, em vez de tentar reprimi-la, me faz sentir viva. Isso me faz querer pegar esse sentimento e correr com ele, sentir prazer com isso, punir aqueles que me machucaram e fazê-los pagar. Estou cheia de ódio, ele vive dentro de mim e eu amo isso. Sempre o adorei e nunca tive vergonha disso, não importa quem tentou me fazer pensar o contrário.

— *Eu estou fazendo isso para o seu próprio bem. Tudo vai acabar em breve.*

Meus punhos se fecham em meu colo e minhas unhas cravam dolorosamente as palmas das minhas mãos enquanto imagino como seria dar um soco no rosto de minha mãe: a sensação dos ossos em seu nariz estalando sob meus dedos, sangue vermelho e brilhante pingando dos lábios e escorrendo pelo seu queixo. Sorrio para mim mesma, imaginando a sensação daquele líquido quente e úmido escorrendo pelas minhas mãos.

Entrei no lago ontem à noite como uma garota confusa que se recusava a acreditar nas memórias que diferiam completamente de tudo o que me contaram sobre mim. Saí da água como uma lutadora, abandonando quem eles querem que eu seja, porque ela está morta. Ela não existe e não tenho certeza de que alguma vez existiu. A água fresca do lago limpou todas as minhas dúvidas e inseguranças. Ela me batizou como uma nova pessoa, e nunca mais vou voltar a ser aquela.

"Você é má. Má, má, má."

Os passos do Dr. Beall sobem as escadas e minha mãe sai do quarto sem dizer uma palavra.

— Meu nome é Ravenna Duskin. Tenho dezoito anos, moro em um presídio e sou uma garota muito má.

CAPÍTULO 11

— O corte em sua cabeça parece estar cicatrizando muito bem. Como você está dormindo à noite? Como estão as dores de cabeça? — pergunta o Dr. Beall, pressionando os polegares suavemente sob meu olho e puxando a pele para baixo para analisá-los mais profundamente.

— Estou dormindo muito bem e as dores de cabeça passaram há muito tempo — digo com um sorriso alegre e ele tira as mãos do meu rosto e se inclina para trás.

— Bom, muito bom, Ravenna. Seu pai me disse que você tem agido de forma estranha nos últimos dias. Gostaria de falar sobre isso?

O sorriso desaparece do meu rosto e estreito meus olhos para o homem mais velho sentado ao meu lado na cama. Meu pai não fala *comigo* sobre o meu comportamento, mas abre a boca para um estranho.

— Eu perdi grande parte da minha memória, é claro que estou agindo de forma estranha — explico, aborrecida. — Meu pai parece pensar que mentir para mim sobre tudo é a solução para o problema, e eu penso o contrário.

— Se ainda faltam pedaços de suas memórias, como você sabe que seu pai está mentindo para você? — ele pergunta calmamente, cruzando as pernas e colocando as mãos em volta do joelho.

— Eu posso ter esquecido algumas coisas, mas isso não faz de mim uma idiota. As coisas de que *me lembrei* são exatamente o oposto de tudo o que meus pais estão me contando.

Ele inclina a cabeça e me estuda, uma mecha de seu cabelo branco caindo sobre a testa.

— O que eles estão dizendo que você não acredita que seja verdade?

Eu deveria mentir, dizer a ele que estou imaginando coisas para que ele vá embora e pare de me estudar como se eu fosse um inseto sob um microscópio. Sei que, assim que sair do meu quarto, ele vai contar ao meu pai tudo o que conversamos. Alguns dias atrás, saber disso teria me enchi-do de pavor, mas agora não me importo mais. Deixe que eles falem, deixe que meu pai tenha mais um motivo para me olhar com medo. Cansei de esconder quem eu sou.

— Você me conhecia antes do acidente, Dr. Beall? — pergunto, pu-xando minhas pernas para debaixo de mim na cama e me sentando ereta.

— Sim, atendi você algumas vezes ao longo dos anos. Por coisas pe-quenas aqui e ali como uma gripe, um tornozelo torcido e outros proble-mas menores.

Eu assinto com a cabeça e continuo:

— Como você me descreveria naquelas vezes em que me viu?

Seu rosto se contorce em confusão, mas ele não diz nada sobre o quão estranha é minha pergunta.

— Acho que diria que você era uma jovem normal e feliz. Como eu disse, não precisava vir ao presídio com muita frequência. Você era uma garota normal e saudável, então não havia necessidade de exames de rotina tão regulares.

Lá está aquela palavra de novo: *normal.* É patético que esta seja a pala-vra sempre usada para me descrever.

— E esse parece ser o problema, doutor. As coisas de que me lembrei, as memórias que passam pela minha mente e me acordam no meio da noite, me dizem que eu era tudo menos normal. Elas me mostram que eu provavelmente não era a filhinha boa e perfeita que meus pais gostam de me lembrar que eu era.

Dr. Beall suspira e descruza as pernas, levantando-se da minha cama para andar pelo quarto.

— A mente é uma coisa complicada, Ravenna. Fica ainda mais com-plicado quando alguém sofreu uma pancada na cabeça, como você. Sei que é frustrante, mas nem sempre dá para acreditar em tudo que se vê quando a mente ainda está em processo de cura — explica. — Nossas mentes po-dem pregar peças em nós. Nos fazer ver coisas que não existem de verdade ou sentir coisas que normalmente não sentiríamos. Isso não significa que seus pais estão mentindo para você sobre qualquer coisa ou que de repente você acordou uma pessoa completamente diferente.

Mordo a língua para me impedir de gritar com ele. Eu quero sair da cama e empurrar seu corpo velho e lento direto para o chão. Eu não vi-rei uma pessoa diferente do dia para a noite. Sei com absoluta certeza que sempre fui essa pessoa. Por que mais eu me sentiria tão viva deixando a raiva me consumir? Uma chave virou, abrindo uma porta, e não me importo mais em fechá-la, porque gosto de me sentir forte e no controle da minha vida.

— Meus pais lhe contaram o que aconteceu na noite do meu acidente?

Ele para de andar e vira para mim.

— Apenas o básico que eu precisaria saber para avaliar a situação. Seu pai ligou para a minha casa por volta de uma da manhã, dizendo que você sofreu um acidente lá fora e não estava consciente. Eu me vesti e vim direto. Verifiquei seus ferimentos, fiz um curativo na ferida em sua cabeça e sua mãe me ajudou a te limpar e te trocar para roupas secas antes de colocá-la na cama. Me disseram que você devia ser sonâmbula e caiu na floresta, e seus ferimentos correspondiam a essa informação. Quando te questionei depois que acordou, você não conseguia se lembrar do que aconteceu, então não havia razão para pensar o contrário.

É inútil pensar que este homem poderia me dar respostas para minhas perguntas ou preencher quaisquer lacunas. Ele está concordando com tudo o que meus pais disseram a ele e não se preocupando em pensar que algo é estranho sobre o que aconteceu. Por que ele se preocuparia? Dois pais, aparentemente amorosos, que dirigem um negócio conhecido na cidade, dizem ao bom médico que sua filha estava sonâmbula e deve ter se atrapalhado. Ao acordar, a filha não pode confirmar ou negar essa história, então não há por que argumentar.

— Vai ficar tudo bem, Ravenna, você vai ver. Apenas descanse sua mente e você voltará ao que era em pouco tempo — ele me diz com um sorriso, volta à cama, fecha sua maleta médica de couro preto e vai até a minha porta.

— Acredito que já voltei ao que era antes — murmuro baixinho.

O Dr. Beall para com a mão na porta e olha para mim.

— Disse alguma coisa, querida?

Eu lhe dou um sorriso falso e balanço a cabeça. Ele acena com a cabeça, abrindo minha porta e sai para a sala, quando outra pergunta surge em minha mente. Eu pulo da cama e corro até a porta, parando-o no topo da escada.

— Dr. Beall, uma última coisa.

Ele para e se vira, esperando que eu cruze a sala em sua direção.

— Quando eu era pequena, por volta dos cinco anos, aconteceu um acidente aqui no presídio. Acho que foi no lago e, segundo meus pais, desde então me recusei a aprender a nadar e tenho pavor de água — explico. — Você se lembra de alguma coisa sobre isso? Meus pais chamaram você aqui para me ver?

O médico torce o nariz e olha para o chão ao pensar. Depois de alguns segundos, ele balança a cabeça e olha para mim.

— Se bem me lembro, você tinha cerca de seis anos de idade na primeira vez que tratei de você. Agora, pensando nisso, havia um médico em tempo integral na equipe aqui do presídio. Ele não só atendia os prisioneiros, mas também o diretor e sua família. Acredito que foi ele quem fez o seu parto e lidou com todos os seus cuidados médicos até eu assumir.

Solto um suspiro frustrado ao perceber que cheguei a outro beco sem saída. O Dr. Beall me diz que voltará para me ver em breve e desce as escadas. Ao chegar na base delas, ele para de repente e se vira.

— Não acredito que me esqueci disso. Já se passaram tantos anos desde que aconteceu que acho que tirei isso da cabeça — ele diz, com uma risada, olhando para mim escada acima. — Foi uma coisa tão estranha...

Desço lentamente os degraus em direção a ele, agarrando o corrimão para não cair. Estou imersa em suas palavras, ansiosa pelo resto da história, embora algo me diga que já ouvi isso antes. Algo me diz que eu já vivi isso antes.

— Ele trabalhou aqui por muitos anos, o médico, e é claro que eu já tinha ouvido falar dele. Ele havia desenvolvido uma série de novas técnicas para lidar com pacientes com problemas mentais, especialmente aqueles que passavam algum tempo no presídio, e era bem conhecido por seu trabalho. Ele estava obcecado em dissecar a mente criminosa, querendo saber como funcionava, o que os tornava diferentes do resto da sociedade e o que os levava a fazer coisas tão inimagináveis — explica o Dr. Beall.

Eu prendo a respiração e continuo descendo as escadas, parando quando chego ao degrau logo acima dele.

— Ele achava que poderia enganar o cérebro de uma pessoa para que se comportasse de maneira diferente. Que por meio de certos testes e terapias contínuas, um assaltante, por exemplo, não teria mais a necessidade ou o desejo de roubar coisas de outras pessoas — explica.

"Isso dói mais em mim do que em você."

"Se você parasse de ser má, eu não teria que fazer isso com você."

— Enfim — continua o Dr. Beall. — Logo antes de me mudar para a cidade e começar a tratar você, o médico simplesmente desapareceu. Ninguém nunca mais ouviu falar dele. Nem a família, nem os amigos e nenhum de seus colegas. Ele simplesmente desapareceu e levou todos os seus arquivos médicos. É por isso que eu não tinha muito o que fazer quando comecei a tratá-la, quando você tinha seis anos. Não havia registro de seu nascimento ou qualquer informação sobre tratamentos anteriores e tive que simplesmente começar do zero.

Minha mão se agarra com tanta força ao corrimão que meus dedos ficam brancos e meu braço começa a tremer. Uma dor aguda apunhala meu crânio e a náusea revira meu estômago. Minha pele começa a suar frio e, antes que eu perceba, o tremor no meu braço se estende por todo o meu corpo.

Não faça a próxima pergunta.

Cale a boca e vá embora.

Não pergunte.

Não pergunte.

Não pergunte.

— Qual era o nome do médico? — eu sussurro. As palavras saem da minha boca por conta própria e sou incapaz de detê-las.

— O nome dele? Era Thomas. Dr. Raymond Thomas.

— *Pare de lutar, apenas desista, tudo vai acabar logo.*

— *Por que você me obriga a fazer essas coisas com você?*

— *Só vai doer um pouquinho.*

Queimação.

Dor.

Cortes.

Cutucadas.

Apenas me deixe entrar na água. Por que não posso entrar na água?

— *A água é para as boas meninas que fazem o que são mandadas.*

Eu te odeio. Vou fazer você pagar. Eu não mereço isso.

Tudo isso vai acabar logo porque eu vou te matar.

Tudo ao meu redor fica escuro e sinto que estou caindo, resmungando para mim mesma antes de parar de resistir.

— Meu nome é Ravenna Duskin. Tenho dezoito anos, moro em um presídio e estou cheia de ódio.

CAPÍTULO 12

— *Eu vou me comportar, prometo!*

Grito e luto contra os braços em volta do meu pequeno corpo, mas não adianta. Eles não me amam. Eles nunca me amaram. Estão me jogando fora como lixo.

— *Isso é para o seu próprio bem.*

Eu odeio eles, odeio eles, odeio eles.

— *Por favor, não me faça ir!*

Eu mordo com força o braço em volta do meu pescoço, que está me arrastando para longe. Meus dentes perfuram a pele e o sangue enche minha boca.

Os gritos de dor, xingamentos e berros são abafados e mal os ouço. O gosto metálico quente na minha boca me enche de fome e raiva.

Eu rio quando sou empurrada para longe e sorrio quando meu corpo atinge o chão. Eles me encaram com medo e horror, e isso me deixa feliz. Posso sentir o sangue escorrendo pelo meu queixo e o lambo como uma gota de sorvete derretido.

— *Você é uma menina má.*

Desta vez, deixo que me levantem do chão e me puxem para longe. Eu voltarei e farei com que paguem. Eles fizeram isso comigo e vão pagar.

Meus olhos se abrem e tenho que piscar algumas vezes para ajustá-los ao escuro. Sinto cobertores em volta do meu corpo, um travesseiro sob minha cabeça e percebo que estou na minha cama, minha cômoda e a porta aberta do meu banheiro entrando em foco nas sombras. Fico aqui deitada por alguns minutos, me permitindo acordar completamente antes de começar a pensar no que aconteceu.

Eu estava conversando com o Dr. Beall… Ele disse algo que não gostei. Isso me fez lembrar de alguma coisa, mas o que era? Fecho os olhos e me vejo em pé na escada, olhando para o médico lá embaixo. Ele estava me contando uma história, e era sobre minha infância. Eu me lembro de me sentir mal do estômago e de querer fazê-lo parar de falar, mas não consegui.

Um nome! Ele disse um nome e eu odiei. Apenas o som dele fez eu me sentir como se alguém estivesse me machucando. Aperto meus olhos com mais força, tentando encontrar o nome, tentando continuar me vendo naquela escada, mas tudo na minha cabeça de repente desaparece como se uma parede de tijolos tivesse caído, me impedindo de ver o que preciso.

Os cabelos da minha nuca de repente se arrepiam e meus olhos se abrem, percebendo que não estou sozinha em meu quarto escuro e silencioso. Eu lentamente rolo e viro a cabeça para o lado, meu coração batendo forte no peito quando vejo uma figura escura de pé ao lado da cama me encarando. Isso me faz lembrar daquela noite na floresta, deitada no chão lamacento e úmido e vendo uma sombra pairando acima de mim quando olhei para cima. Aquela mesma pessoa está aqui para terminar o que começou?

— Me desculpe. Eu sinto muito.

As palavras são suaves, quase um sussurro, e meu coração bate forte no meu peito. Eu permaneço perfeitamente imóvel na cama e a sombra se aproxima, a luz da lua que brilha através da minha janela finalmente me permitindo ver quem é.

— Eu não sabia. Sinto muito — minha mãe sussurra novamente.

Sua voz está cheia de angústia e, quando a ouço fungar, percebo que está chorando.

Ela não se aproxima, apenas continua parada nas sombras olhando para mim.

— É culpa minha. É tudo culpa minha. Eu era tão fraca e ele tão forte — ela divaga, baixinho. — Eu cometi um erro e todos sofreram com isso. Eu não sabia. Você precisa acreditar em mim, eu não sabia.

Fico quieta e imóvel, deixando-a descarregar sua culpa e fazer suas confissões, embora eu não faça ideia do assunto sobre o qual ela está divagando.

Olho para ela na escuridão, observando enquanto se afasta de mim e vai até a janela em transe para contemplar a noite. A luz da lua ilumina seu perfil e vejo lágrimas escorrendo como um rio por seu rosto. Percebo que ela está segurando algo em suas mãos, contra o peito, mas a luz da lua não é forte o suficiente para eu distinguir o que é.

— Minha filha, tão linda, boa e perfeita... Eu sinto muito. Não deveria ter acreditado nele. Deveria ter visto a verdade o tempo todo. Isso machuca muito. Ah, meu Deus, como dói. Eu mereço isso, eu entendo agora.

Até o momento, essa é a única declaração que ela fez que sou capaz de entender e concordar. Os segredos, as mentiras, os sonhos e memórias que me infligem tanta dor... Ela foi a causa disso. Ela e meu pai foram, e merecem sofrer tanto quanto eu.

— Eu preciso consertar isso. Tenho que parar a dor — ela sussurra, levantando a mão para enxugar as lágrimas.

Com a palma pressionada contra a bochecha, a luz da lua reflete no objeto ainda preso em sua outra mão, que está contra o peito e agora eu consigo ver claramente o que é.

Empurro meu corpo para cima e chuto as cobertas que estão sobre mim, me arrastando para fora da cama pelo oposto de onde minha mãe está, me movendo tão rapidamente que tropeço no chão, meus joelhos batendo com força contra a madeira.

Ela não presta atenção em mim, apenas continua a olhar pela janela. O único movimento que ela faz é afastar o objeto do peito, pressionando o seu comprimento contra a lateral da cabeça e direcionando-o para o teto.

Eu deveria estar com medo por minha mãe ter entrado em meu quarto no meio da noite resmungando bobagens, enquanto segura uma arma na mão. Deveria gritar pelo meu pai, gritar por socorro, sair correndo do quarto o mais rápido possível. Agarro à beira do colchão, lentamente me levanto do chão e a encaro de frente. Ela parece tão triste e cheia de desculpas para pedir, pequena e miserável, com os ombros caídos em derrota, e eu sorrio na escuridão por ela estar desmoronando bem na frente dos meus olhos. Naquela noite eu fugi para a floresta e olha o resultado disso? Uma mente quebrada que ninguém quer me ajudar a consertar. Eu me recuso a fugir desta vez.

Não tenho medo dessa mulher patética. Minha cabeça está ocupada demais cheia com memórias de seus olhares de desgosto, dos tapas vindos de sua mão, do volume de sua voz gritando comigo, do peso da culpa que ela colocou em meus ombros pelas ações pelas quais ela era responsável e da facilidade com que fingia que eu não existia.

Meu coração não está acelerado de medo, mas de raiva. Como ela ousa vir aqui, despejando sua culpa em cima de mim para tentar limpar sua consciência? Ela teve muito tempo para fazer as pazes e agora que a verdade está sendo revelada, agora que estou começando a juntar as coisas e me recuso a acreditar nas mentiras deles, ela decide que é hora de ser honesta.

— Você nunca me amou — finalmente falo.

Ela não se mexe nem dá qualquer indicação de que me ouviu. Minha memória ainda está irregular e grandes períodos de tempo não foram levados em conta, mas sei que as palavras que digo são verdadeiras. Posso sentir a certeza delas ecoando em minha mente, assim como aconteceu quando descobri que sei nadar. Durante dias eu tentei dizer a mim mesma que minhas memórias estavam erradas. Fazia mais sentido que eu estivesse louca do que pensar que toda a minha vida é uma mentira e que meus pais estavam apenas perpetuando isso.

— Fui eu no lago — ela sussurra, ignorando minha declaração.

De repente, ela joga a cabeça para trás e ri, o som ricocheteando nas paredes do meu pequeno quarto.

— Eu tinha que ver. Tinha que saber com certeza e estava certa.

Minha boca se abre em choque, não com a admissão do que ela fez, mas com o som de alegria em sua voz.

— Você me empurrou no lago — murmuro, com os dentes cerrados.

— O que exatamente você tinha que saber com certeza? Se você tinha coragem de tentar matar sua própria filha?

Meu corpo vibra de raiva e quero saltar sobre minha cama, passar minhas mãos em volta de seu pescoço e apertar até que seu rosto fique vermelho e cada último suspiro deixe seu corpo. Mantenho os pés firmemente plantados onde estão, porque agora eu quero a verdade mais do que quero machucá-la.

Minha mãe solta um suspiro enorme e cansado e finalmente se vira para olhar para mim, balançando a arma descuidadamente ao lado de sua cabeça.

— Sinto muito que você tenha tido que pagar pelos meus pecados e pelas minhas fraquezas — ela me diz, com uma voz robótica. — Eu só tinha que ver. Tinha que ter certeza de que estava certa. Eu me senti mal assim que vi você afundar, pensando se havia cometido um erro, mas não cometi. Você reapareceu e provou que eu estava certa. Ignorei o que estava bem na minha cara porque eu queria tanto… Estava cega e estúpida, mas vou consertar tudo agora.

Ela fala tão rápido que é difícil para mim acompanhar, mas eu consigo, e descubro a verdade que estava esperando. Minha própria mãe tentou me afogar. Olho para ela do outro lado da cama, me recusando a me encolher quando ela vira a arma e aponta direto para o meu peito.

— Desculpe. Esta é a única maneira que conheço de consertar as coisas. Esta é a única maneira de parar a dor — ela me diz com tristeza.

— Você é uma *covarde* — rosno para ela. — Você é fraca e patética. Pode se desculpar o quanto quiser, mas isso não significa nada para mim. Eu me lembrei das coisas por conta própria, não graças a você e ao papai. Enlouqueci com os pensamentos na minha cabeça que não combinavam com as mentiras que vocês dois me contaram. A única coisa que você conseguiu ao me empurrar para dentro do lago foi me acordar para a pessoa que eu realmente sou. Eu mereço a verdade, *mãe*.

Seu controle sobre a arma vacila e ela a abaixa alguns centímetros, apontando para a cama em vez de para mim. Saber que tenho um pouco mais de tempo antes que tudo acabe me impulsiona a continuar.

— Eu mereço saber por que tudo que consigo me lembrar é dor e ódio enquanto esta casa está cheia de lembranças felizes de uma família amorosa que obviamente nunca existiu. *Me diga a verdade. Me diga a maldita verdade! A verdade toda!* — grito, em fúria.

Ela choraminga dolorosamente, colocando a arma de volta onde estava.

— Foi real... Foi tudo foi real. Nós estávamos felizes... Estávamos tão felizes! Eu compensei meus erros e foi tudo perfeito. Foi tudo como deveria ser. Eu deveria ter imaginado... Os segredos nunca ficam escondidos, não importa quão fundo você os enterre. Os erros sempre voltarão para te assombrar e para se vingar.

Seu corpo é atravessado por soluços, seus ombros tremendo com a força de seus gritos, e cada respiração que sai de sua boca é pontuada por gemidos tristes.

— Minha filha linda e perfeita... Eu não posso mais fazer isso. Dói demais. Você precisa encontrá-lo. Precisa falar com ele. Você o verá e entenderá. E então tudo fará sentido — ela chora.

— Quem eu preciso encontrar? O Dr. Thomas? — pergunto, com o vômito subindo pela minha garganta assim que pronuncio o nome dele, o nome que o Dr. Beall me disse, aquele que minha mente não me deixou lembrar momentos atrás, quando acordei. Ele sai da minha língua com facilidade, e odeio isso. Odeio o nome. Odeio a pessoa. Não quero me lembrar.

Suma, suma, suma!

— Ele só fez o que nós pedimos. Achamos que era certo. Achamos que isso melhoraria as coisas — ela choraminga.

Minhas mãos sobem à minha cabeça e meus dedos agarram meu cabelo com força, puxando-o o mais forte que posso até que a dor traz lágrimas aos meus olhos. Eu preciso da dor. Eu preciso da dor. É a única maneira de pensar com clareza. Nada do que ela diz faz sentido. Ela está falando em círculos e sinto vontade de gritar de frustração.

— Sempre adorei a foto que seu pai tem de nossa família que fica na mesa do escritório — diz ela com uma voz distante, seu choro chegando a um fim abrupto quando um sorriso estranho toma conta de seu rosto. — A foto diz a verdade. A foto conhece todos os segredos.

Talvez eu seja *realmente* louca e tenha herdado isso de minha mãe. Ela está fora de si.

Seus olhos encontram os meus do outro lado da cama e, enquanto os encaro, não vejo nada além de um vazio vidrado. Nem sei ao certo se ela percebe as coisas malucas que me disse ou se ela está tão distante que tudo faz sentido em sua mente distorcida.

— Não posso viver sem você. Não posso mais fingir. Preciso estar onde você estiver, mas eu nem sei onde é — reclama, olhando através de mim. — Ele mente. Ele mente, e mente, e não vai me contar, mas eu mereço. Ele tentou consertar o que eu fiz, mas não funcionou. Eu sou você, e você sou eu. Somos tão parecidas que nenhuma mentira pode mudar isso. Sem mais dor, sem mais mentiras. Converse com a foto e ouça o que ela diz.

Minha mãe funga alto e enxuga as últimas lágrimas. Ela envolve a arma com as duas mãos para mantê-la firme, na frente do corpo.

Eu solto o colchão e deixo cair os braços ao lado do corpo. Recuso-me a fechar os olhos. Quero que ela sofra ao fitar os meus, que são exatamente do mesmo tom de verde-esmeralda que os dela. Quero que veja a vida que ela me deu desaparecer dos meus olhos, e quero matar tudo que há dentro dela ao saber que isso é tudo culpa dela.

— Eu te amo, Ravenna. Eu te amo mais do que você pode imaginar e sinto muito. Estaremos juntas novamente em breve. Espere por mim.

Mais rápido do que um piscar de olhos, ela dobra os cotovelos para trás, enfia a ponta da arma na boca e puxa o gatilho. Minhas mãos voam para cobrir meus ouvidos, mas não sou rápida o suficiente. A explosão alta em um espaço tão pequeno ressoa em meus ouvidos, e estremeço de dor, pressionando as palmas o mais forte que posso contra as laterais da minha cabeça para fazer a dor parar.

Meus olhos estão grudados no corpo sem vida de minha mãe até que ela cai no chão e desaparece de vista do outro lado da minha cama. Meu olhar rastreia lentamente a parede onde ela estava a alguns momentos atrás, parando no buraco no topo da janela do meu quarto onde a bala deve ter ido depois de sair pela parte de trás de sua cabeça.

A sala de repente se enche de uma luz brilhante, iluminando todos os cantos do quarto, e as sombras escuras não são mais capazes de esconder o que aconteceu aqui. Eu tiro as mãos dos ouvidos e os gritos de meu pai de repente me cercam. Sinto suas mãos envolverem meus braços e ele virar meu corpo para encará-lo, mas meus olhos nunca deixam o buraco na janela. Fico olhando fascinada para os respingos escuros e úmidos de sangue pingando e para pedaços do cérebro de minha mãe que deslizam pelo vidro e se espalham no chão.

— Meu nome é Ravenna Duskin. Tenho dezoito anos, moro em um presídio e minha mãe está morta.

CAPÍTULO 13

— Você tem certeza de que está bem por seu pai não querer um funeral?

Com minhas pernas penduradas no final da doca, eu as chuto preguiçosamente para frente e para trás, olhando para meu reflexo na água abaixo.

— Qual seria o sentido, Nolan? — pergunto, encolhendo os ombros. — Não é como se tivéssemos familiares que iriam comparecer. Meus pais eram filhos únicos e meus avós já morreram há anos. Além disso, meu pai não queria anunciar o fato de que minha mãe engoliu uma bala. Não é muito bom para a reputação perfeita que ele construiu por aqui.

Rio da minha própria piada, mas Nolan apenas suspira em solidariedade.

Faz uma semana que minha mãe se matou com um tiro no meu quarto e uma semana que estou sendo ignorada por meu pai enquanto ele se tranca em seu escritório e bebe uma garrafa de uísque atrás da outra. A única razão pela qual sei o que ele está fazendo atrás daquela porta fechada é porque toda vez que termina uma garrafa, ele abre a porta do escritório apenas o suficiente para a garrafa passar, a bate com força no chão e então fecha a porta.

Quando passei pela porta, a caminho do lago, contei seis garrafas vazias, todas amontoadas do lado de fora. Imagino que ele as está colocando para fora de seu escritório porque sua mente bêbada pensa que vou continuar de onde minha mãe parou e limpar sua bagunça. Ele pode continuar pensando assim, mas é mais fácil o inferno ficar frio antes que eu faça qualquer coisa por aquele homem.

— Eu nunca tinha notado essa marca de nascença antes.

O dedo de Nolan traça suavemente a marca de nascença em forma de lua crescente do tamanho de uma moeda de cinquenta centavos na parte superior da minha coxa, e arrepios surgem em minha pele com seu toque suave.

Afasto a mão dele e dou de ombros, virando o rosto para o sol.

— Eu tenho desde que nasci, por isso se chama *marca de nascença*.

Ele ri e fecho meus olhos, em vez de revirá-los em aborrecimento por ele não ter notado o tom sarcástico em minhas palavras.

— Seu pai já falou com você? — pergunta, se inclinando para trás apoiado nas mãos, vira a cabeça em direção ao sol e fecha os olhos.

— Não.

Cruzo minhas pernas em cima da doca e viro o corpo para ficar de frente para Nolan.

— Ele já falou o suficiente comigo na noite em que ela se matou. Eu ficaria perfeitamente bem se ele nunca mais falasse comigo — digo, pensando em como meu pai embalou o corpo de minha mãe em seus braços, gritando acusações cheias de ódio para mim. Embora fosse óbvio que não puxei o gatilho e não forcei minha mãe a fazer o que ela fez, de acordo com meu pai, ainda assim foi minha culpa. Ele chorou e gritou, murmurou coisas sem sentido e então gritou mais um pouco. Quando me cansei de ouvi-lo, saí do quarto e o deixei sozinho com sua raiva e tristeza.

— Sei que já disse isso, mas sinto muito pelo que está acontecendo com você — ele me diz, suavemente.

— Não é culpa sua. Agora, a única coisa que me importa é lembrar o que aconteceu naquela noite na floresta, porque sinto que tudo começou lá. Por que eu estava lá fora? Quem estava comigo e como eu voltei para a prisão?

Nolan fica em silêncio e viro a cabeça para encará-lo. Ele está olhando na direção oposta, perdido em pensamentos.

— Você não ficou sabendo de nada sobre aquela noite, certo? Tipo, talvez algum dos funcionários estivessem aqui e tenham visto alguma coisa?

Ele balança a cabeça negativamente, mas não se vira para mim. Quando vou começar a questioná-lo, de repente ele vira e se inclina para mim.

— Sabe que eu me importo com você, certo? E que nunca deixaria nada te acontecer? — pergunta.

Esfrego minhas mãos em meus braços nervosamente, agitada com o efeito de suas palavras sobre mim. Eu e Nolan passamos todos os dias juntos desde a morte da minha mãe. Como meu pai se trancou em seu escritório, ele não deu uma lista de atividades que precisavam ser feitas à equipe de jardinagem, como costuma fazer todas as manhãs quando eles chegam aqui. Depois do primeiro dia, quando terminaram todas as coisas óbvias que precisavam ser resolvidas, eles não achavam que faria sentido vir até aqui sem ter nada para fazer. Foram embora e me pediram para dizer a meu pai que ligasse para eles quando quisesse que voltassem ao trabalho.

Para a minha surpresa, quando acordei na manhã seguinte e saí para tomar um pouco de ar, Nolan estava sentado no degrau mais alto da varanda esperando por mim. Tentei afastá-lo e ignorá-lo na esperança de que ficasse longe de mim, mas ele não desistiu tão facilmente. Eu não quero gostar dele. Não tenho tempo a perder ansiando por suas visitas. Estou muito preocupada com a minha personalidade recém-descoberta e curtindo a emoção de me comportar como eu quero, sem ter que me preocupar com as consequências. Ainda tenho segredos a descobrir e memórias para lembrar, e estar com Nolan simplesmente não entra nos planos.

Achei que seria fácil mantê-lo longe de mim porque eu não gostava da forma como ele me fazia sentir. Quando ele falou comigo de forma tão suave e doce e me olhou como se estivesse interessado no que eu tinha a dizer, isso me assustou profundamente. Não tive medo de ser perseguida na floresta, de quase ter me afogado e de ter a minha mãe apontando uma arma carregada para o meu peito. Não tenho medo das memórias que me mostram as coisas horríveis que fiz, as palavras horríveis que me foram ditas e sei que não terei medo do que ainda está por vir, quando tudo se encaixar e fizer sentido. Todas essas coisas me fortalecem e me impulsionam a continuar, a ir ao cerne de tudo e mostrar a todos, sejam quem forem, que não podem mais me ignorar.

Um olhar, uma palavra, um toque de Nolan em meu braço nu me fazem querer levantar e correr o mais longe possível. Odeio a forma como ele me faz sentir, mas, ao mesmo tempo, eu desejo isso. Percebi que meu medo é do desconhecido. Ninguém nunca me olhou como ele, ninguém nunca falou comigo como ele e não sei como lidar com isso. Sou capaz de lidar facilmente com a raiva e com o ódio, com a dor e com a miséria. Já estou acostumada com essas coisas: elas fazem parte de mim, e quanto mais elas são lançadas em minha direção, mais forte me sinto e com mais vontade eu luto.

Não sei como lidar com alguém que é genuinamente legal comigo. É diferente, estranho e me deixa nervosa. Depois de dois dias tentando ao máximo arranjar briga com Nolan o xingando, menosprezando, empurrando e fazendo o que podia para tentar tirá-lo do sério, eu finalmente tive que desistir e simplesmente lidar com o desconforto.

Em vez de responder sua pergunta sobre eu saber que ele se importa e que não deixaria nada de ruim acontecer comigo, mudo de assunto antes que eu acabe fazendo algo estúpido e patético como chorar.

— Preciso da sua ajuda com uma coisa hoje — digo, me levantando para ficar de pé, acima dele.

Ele protege os olhos do sol ao me encarar.

— Por favor, me diga que você precisa de ajuda para sair do seu quarto.

Eu sorrio e estendo a mão em direção a ele, que envolve sua mão quente e calosa em volta da minha e o puxo para ajudá-lo a levantar, largando rapidamente sua mão quando ele está de pé na minha frente antes que eu sinta vontade de correr na direção oposta. Preciso dos músculos dele hoje e não tenho tempo para fugir como uma criança.

— Na verdade, sim — afirmo, e caminhamos de volta para o presídio.

Há dias Nolan está me implorando para sair do meu quarto e ir para o quarto de hóspedes. Ele está completamente enojado porque ainda há manchas do sangue da minha mãe na janela e nas paredes do meu quarto, e não entende por que continuo dormindo lá todas as noites.

Mesmo com minha confusão e minha sensação geral de desconforto em estar sendo tratada com gentileza e respeito, ainda há algo em Nolan que torna impossível para mim calar a boca quando estou com ele. Ele é fácil de conversar e nunca me olha com desgosto ou julgamento quando estou falando, mesmo quando contei a ele algumas das coisas mais estranhas e terríveis de que me lembrei. Contei a ele sobre meus sonhos, os lampejos de memórias, a consciência que tive de que algo muito ruim aconteceu comigo durante a minha infância e até mesmo tudo o que minha mãe me disse antes de tirar a própria vida.

Se ele não pretende me deixar em paz e se vou continuar sendo uma masoquista por andar com ele, o mínimo que ele pode fazer é me ajudar a entender tudo, inclusive as coisas que minha mãe me disse.

Enquanto caminhamos lado a lado pela grama até a varanda da frente, só de lembrar como tudo se desenrolou naquela noite faz minha respiração ficar curta e raivosa. O meu ódio por ela fica ainda mais forte quando relembro as bobagens que saíram de sua boca, sem ao menos a decência de finalmente me contar tudo o que eu não sabia antes que ela se matasse de forma egoísta. Em vez disso, ela falou em enigmas sem sentido que agora se tornaram outro quebra-cabeça que eu tenho que montar. Subo as escadas com tanta força que fico surpresa de a velha madeira não desmoronar sob meus pés.

Nolan põe a mão em meu braço, me parando quando chegamos ao topo da escada.

— Você está bem?

Rapidamente tiro a raiva do meu rosto, sacudo minhas mãos cerradas, e sorrio para ele.

— Perfeitamente bem — eu o tranquilizo.

Eu me abri para Nolan, mais do que me sentia confortável para fazer, mas estabeleci um limite para deixá-lo entrar nos pensamentos e sentimentos que correm através de mim e que me estimulam. Uma garota precisa ter seus próprios segredos e algo me diz que dizer a Nolan que eu sonho com sangue, morte e fantasio sobre vingança, ódio e ferir pessoas não cairia muito bem. Talvez eu conte tudo a ele algum dia. Talvez, quando eu terminar de usá-lo para me ajudar a descobrir as peças que faltam e não precisar mais dele, eu mostre a ele quem eu realmente sou.

Nolan corre pela varanda e abre a porta da frente, segurando-a para que eu possa entrar. Passo por ele e continuo indo em direção às escadas; ao chegar na metade do caminho, percebo que ele não está me seguindo. Olho por cima do meu ombro e o encontro parado desajeitadamente na base da escada com as mãos no bolso.

— Se você vai me ajudar a trocar de quarto, seria bom se estivesse no quarto comigo — eu o lembro.

Ele continua não subindo as escadas em minha direção. Em vez disso, seus olhos se movem nervosamente pelo corredor e depois pelas escadas atrás de mim.

— Qual é o problema? — pergunto, tentando não deixar transparecer minha irritação.

— Eu nunca subi no alojamento antes — ele me diz.

— Ceeeeerto — respondo, arrastando a palavra em confusão.

Ele solta um suspiro irritado e tira as mãos dos bolsos para cruzar os braços.

— Olha, isso é um pouco estranho, mesmo sabendo que seu pai provavelmente está em coma no escritório dele. Ele não gosta de mim, eu não gosto dele e ele me mataria se me encontrasse lá em cima. Se ele me encontrasse lá em cima *no seu quarto*, iria me ressuscitar só para poder me matar de novo.

Eu rio, revirando os olhos para ele.

— Pare de ser tão covarde. Você não tem motivos para ter medo dele — garanto, e me viro para continuar subindo.

"Não seja covarde, você sabia que esse dia chegaria. Você deveria ter passado mais tempo com medo de mim, em vez de me machucando."

Paro de repente na escada, sem perceber que Nolan finalmente me seguiu até ele esbarrar nas minhas costas. Ele me pergunta alguma coisa que eu bloqueio, tentando me concentrar. Fecho os olhos, repetindo as palavras que acabaram de surgir em minha cabeça, de novo e de novo, na esperança de recuperar algo mais junto com elas. Fui eu quem disse elas? Alguém as disse para mim? Onde eu estava? Quantos anos eu tinha?

Como sempre, minha mente se desliga como se alguém tivesse apertado um interruptor e desligado a luz. Deixo escapar um suspiro frustrado e abro os olhos, seguindo o restante do caminho até as escadas.

— Você se lembrou de mais alguma coisa? — Nolan pergunta suavemente ao meu lado quando chegamos ao topo.

Aceno para ele com a mão e vou para o quarto.

— Nada importante — minto, entrando no cômodo e dando uma olhada ao redor, tentando descobrir o que mover primeiro.

— Meu Deus — murmura Nolan, parando na porta.

Seus olhos estão arregalados e ele cobre a boca com a mão. Eu abro a boca para perguntar qual é o problema dele, mas a fecho rapidamente ao perceber que aquela pequena viagem pela estrada da memória me distraiu tanto que quase esqueci que Nolan nunca esteve aqui antes. Estou tão acostumada a olhar para a enorme mancha escura na janela e nas paredes que esqueci que ela provavelmente incomodaria outra pessoa. Espero ele me perguntar por que pelo menos não tentei limpar um pouco, especialmente a janela onde a maior parte do sangue e dos pedaços de massa cerebral caíram.

Ele caminha para perto de mim e coloca o braço em volta do meu ombro, apertando-o suavemente.

— Isso é horrível, Ravenna. Eu sinto muito. Se quiser ir para o outro quarto, eu limpo e tiro tudo daqui para você não precisar ficar mais aqui.

Tento não me incomodar com o peso de seu braço sobre meu ombro e pressiono os lábios com força para não ficar tentada a admitir tudo para ele. Eu prefiro deixá-lo continuar presumindo que tenho estado tão perturbada que não consegui me obrigar a limpar as evidências do que minha mãe fez. Provavelmente é melhor eu não contar a ele que nunca limpei a janela e a parede porque, deitada aqui na cama à noite, com a luz forte do teto acesa, me sinto calma de olhar para a bagunça que minha mãe deixou para trás. Olhar para os respingos vermelho-escuro, tentando encontrar formas escondidas nas manchas secas, me ajuda a dormir.

O único motivo pelo qual estou saindo deste quarto é porque ele representa tudo o que não sou. É um lembrete diário da garota que meus pais tentaram me enganar para que eu fosse. E estou ficando cansada de Nolan me implorando para sair dele várias vezes ao dia.

Dou de ombros para afastar seu braço e vou até a minha cômoda.

— Eu estou bem, Nolan, sério. Vamos apenas fazer isso logo para que possamos passar para coisas mais importantes.

Abro uma gaveta e começo a tirar tudo de dentro dela enquanto Nolan vai até a cama e desliza o colchão, virando-o para o lado antes de empurrá-lo pelo chão até a porta.

— Então, qual é o plano? Estive pensando em tudo o que você me disse e não consigo entender nada disso — ele me diz, empurrando o colchão porta afora para a sala de estar.

Jogo no chão a pilha de roupas que estão em meus braços e o sigo para que eu possa apontar para qual quarto vou me mudar. Passo pelo colchão inclinado que ele está segurando e paro em frente ao quarto de hóspedes.

— Merda, esqueci que a porta está trancada — reclamo.

Nolan encosta o colchão no encosto do sofá e vem para perto de mim. Ele se agacha e estuda a maçaneta por alguns segundos. As portas e ferragens em nossos aposentos ainda são os originais de quando a prisão foi construída. A maçaneta é feita de um vidro grosso, emoldurada por uma placa detalhada de latão alongada que requer uma chave mestra para abrir, uma chave mestra que está em um chaveiro no escritório trancado de meu pai.

— Que tipo de cabides você tem em seu armário? — pergunta Nolan, inclinando a cabeça para o lado e estudando o buraco da fechadura.

— Só de arame normal, eu acho.

— Você pode pegar um para mim, por favor? — pergunta. — Acho que consigo abrir essa coisa.

Corro de volta para o quarto, pego um cabide no armário e volto até Nolan. Ele pega o cabide da minha mão e o observo desdobrar a parte superior curva do cabide até que ela esteja apontando para fora. Ele enfia a ponta no buraco da fechadura e, depois de alguns minutos balançando-a para dentro, acompanhado de alguns xingamentos murmurados em voz baixa, ouço um clique alto. Nolan se levanta, joga o cabide para o lado e gira a maçaneta, abrindo a porta.

Eu sorrio para ele ao passar.

— *Além* de cavalheiro, um faz-tudo. Muito legal.

Ele retribui o meu sorriso e desvio o olhar rapidamente, antes de começar a gostar demais disso.

Meus pés de repente param no meio do quarto quando vejo uma mala de couro azul escuro com acabamento branco, deitada de lado no meio da cama. Desta vez, eu nem preciso me concentrar para colocar a memória em foco. Ela se encaixa em minha mente como se sempre estivesse estado lá e me movo em direção à cama silenciosamente, passando a mão sobre a lateral da bagagem familiar.

— *Este será o seu quarto. O jantar é daqui a uma hora, então você pode pendurar as coisas no armário e esperar. Você chegará na hora e respeitará as regras enquanto estiver sob este teto. Você tem uma chance de se provar. Estrague tudo e irá se arrepender.*

Jogo minha bagagem na cama bem feita e sabiamente mantenho a boca fechada; ele se vira e sai do quarto, fechando a porta atrás de si.

— *Obrigada pela adorável recepção, Ike. Veremos quem será o primeiro a se arrepender* — *murmuro baixinho, antes de cair em cima da cama.*

Quico algumas vezes no colchão e olho ao redor do quarto. É diferente do que me lembro, mas isso não é nenhuma surpresa. É claro que eles apagariam todos os vestígios de seus erros assim que desaparecessem de vista.

Empurro minha mala para fora do caminho, deito de costas com as mãos atrás da cabeça e olho para o teto, sem nenhuma intenção de desempacotar minhas coisas. Em breve eles descobrirão que não vou seguir suas regras.

Fecho os olhos e repasso o plano mais uma vez na cabeça. Não posso errar, porque tem que ser perfeito.

— *Perfeito, perfeito, perfeito* — *sussurro baixinho.*

Eu sorrio para mim mesma quando termino de entoar a palavra preferida deles.

— *Aproveitem sua pequena perfeição enquanto podem, porque vou me livrar dela de uma vez por todas.*

Seguro a alça da mala e a puxo para a beirada da cama, movendo minhas mãos por suas extremidades para abrir os fechos dourados que a mantém fechada.

Sinto Nolan chegar por trás de mim, a frente de seu corpo roçando minhas costas, e ele silenciosamente olha por cima do meu ombro. A tampa da mala range quando a abro lentamente, olhando para o conteúdo com um sorriso no rosto.

— Por que você colocou todas *essas* roupas em uma mala em outro quarto e guardou os vestidos bufantes e bregas em seu armário? — pergunta, confuso.

Olhando para mim mesma vestindo o único short jeans que cortei, junto a um dos vestidos "bufantes" que transformei em um top curto cortando-o da cintura para baixo, sorrio ao olhar de volta para dentro da mala.

Eu odiava aqueles vestidos, mas os colocava todos os dias porque me disseram que eram o que eu amava e o que sempre usava. Obriguei-me a aceitar o que me disseram, mesmo que não parecesse certo e mesmo não reconhecendo a garota no espelho.

— Eu não faço ideia — finalmente respondo a Nolan, tirando todas as coisas da mala.

Desta vez, eu realmente não preciso mentir para ele. Eu me lembro de estar neste quarto e sabia o que haveria nesta mala antes mesmo de abri-la, mas ainda não me lembro de mais nada.

Mas isso não importa agora. Puxo alguns shorts jeans surrados e bem gastos, minissaias, calças boca de sino e tops curtos, e os espalho por toda a cama, olhando para as roupas diante de mim. A confiança queima dentro de mim ao saber que outro dos pressentimentos que tive e que conflitava com o que meus pais me disseram, acabou estando correto.

— Meu nome é Ravenna Duskin. Tenho dezoito anos, moro em um presídio e finalmente posso me vestir da forma como deveria.

CAPÍTULO 14

Andando de um lado para o outro no corredor enquanto espero Nolan chegar aqui, tento encontrar uma maneira de tirar meu pai de seu escritório. Preciso entrar lá e ver a foto que minha mãe mencionou. Tenho certeza de que a maior parte do que ela me disse naquela noite em meu quarto foi um absurdo total de uma mulher delirando, mas talvez não tudo. Não saberei ao certo até chegar à foto e ver se ela me faz me lembrar de alguma coisa.

Há uma batida na porta, e corro até ela, abrindo-a rapidamente. Meus ombros caem e deixo escapar um suspiro irritado, apoiando o ombro contra o batente da porta e cruzando os braços sobre o peito.

— O que você está fazendo aqui?

Truddy está na minha frente com seu longo cabelo loiro enrolado nas pontas e uma larga faixa amarela no topo da cabeça, mantendo a franja puxada para trás. Ela está usando um vestido da mesma cor curto com saia rodada e mangas curtas, como um perfeito raio de sol. É tão patético que sinto vontade de vomitar em seus sapatos preto e branco. Talvez ela realmente seja a filha perdida de meus pais. Ela certamente se veste de acordo com o papel.

Truddy estende um pirex laranja brilhante com uma margarida pintada na tampa branca e sorri alegremente.

— Ficamos sabendo o que aconteceu com sua mãe. Sinto muito, Ravenna. Minha mãe fez uma caçarola de atum para você e seu pai. Você não retornou nenhuma das minhas últimas ligações, então pensei que poderíamos nos ver e conversar.

Mantenho os braços cruzados e olho para o prato com desgosto.

— Obrigada, mas não.

Começo a voltar para dentro da casa, fechando a porta na cara dela, mas Truddy se move rapidamente e coloca o pé na porta para impedi-la de fechar.

— Olha, sei que sua mãe morreu, mas isso não é motivo para você ser tão desagradável comigo quando estou apenas tentando ajudar — afirma, enfiando o prato debaixo do braço. — O que aconteceu com você, Ravenna? Em um minuto você é minha amiga, depois é má comigo, então volta ao normal e agora voltou a agir de forma estranha.

Ela faz uma pausa no meio do discurso para me olhar da cabeça aos pés.

— Além disso, essa roupa que você está vestindo é um lixo.

Talvez o short preto de cintura alta que mal cobre minha bunda e a regata azul-escura que mostra uma faixa da pele pálida da minha barriga sejam um pouco demais para eu passar o dia inteiro vagando por um presídio, mas essa é quem eu sou e é melhor a Srta. Truddy Sunshine tomar cuidado com o que fala.

— Você já penteou o cabelo essa semana? — ela finaliza, com arrogância.

— Qual é o seu problema, Ravenna? Você está horrível. Já penteou o cabelo essa semana?

Um sorriso lento se espalha pelo meu rosto enquanto olho para a idiota parada na minha frente. Esta deve ser uma das melhores partes do meu plano... Se vou destruir tudo, é melhor começar com a melhor amiga inútil.

— Ele não quer você. Percebe isso, não é? Você é só uma garotinha triste e patética que não consegue lidar quando outra pessoa tem algo que você deseja.

Sua atitude desaparece e ela tira as mãos dos quadris.

— D-do que você está falando? — ela gagueja, nervosa.

Eu rio bem na cara dela. Como no mundo alguém iria querer ser amigo de uma garota que é tão sem noção?

— Eu vi você da janela do meu quarto, Truddy. Só porque um cara sente pena de você e passa alguns minutos conversando contigo, não significa que ele quer que se jogue nele.

Ela esfrega as mãos na frente de si, preocupada.

— Você nos viu juntos? — ela sussurra, em estado de choque.

— Se por juntos você se refere a incomodar o pobre rapaz em sua triste tentativa de beijá-lo enquanto ele estava com os braços estendidos para o lado e com um olhar horrorizado nos olhos, então sim. Eu vi vocês juntos. Obrigada por me dar um motivo para rir durante algumas horas — digo a ela com uma risada.

— Você é uma pessoa horrível, Ravenna Duskin — retruca, seus olhos se enchendo de lágrimas. — Você só está com ciúmes porque ele gosta de mim.

Jogo a cabeça para trás e dou risada novamente. Eu rio tanto e por tanto tempo que meu estômago começa a doer. Quando a risada diminui, dou um passo em direção a ela e fico bem em frente ao seu rosto.

— Você é igual a qualquer vadia por aí, tentando pegar aquilo que não é seu. Ninguém cai nesse teatrinho de que você é inocente, sua vadia esnobe e mentirosa.

Seus olhos se arregalam de medo e isso envia uma excitação por todo o meu corpo. Sinto vontade de arranhar seu rosto perfeito e sua pele perfeita até que o sangue pingue em seu imaculado vestido cor-de-rosa, estragando-o. Sinto vontade de arrancar cada mecha de seu cabelo loiro em um rabo de cavalo perfeito até que ela saia correndo, gritando de dor. Minhas mãos começam a tremer e borboletas se agitam em meu estômago.

Ela se afasta de mim, mas não é rápida o suficiente. Meu braço corta o ar e minhas unhas arranham a lateral de seu pescoço. Ela solta um grito de choque e dor, sua mão voando para cima para pressionar o rastro das marcas vermelhas de raiva que eu deixei.

— Você acabou de arranhar meu pescoço! — ela grita, seu lábio inferior tremendo, e rapidamente se afasta cada vez mais de mim.

— Deu sorte. Eu estava mirando no seu rosto.

Fico parada no corredor com um sorriso no rosto, observando-a se virar e sair correndo pela porta da frente o mais rápido possível.

— Oi? Ravenna? Você pelo menos me ouviu?

Pisco os olhos para focar e analiso a lateral do pescoço de Truddy, mas infelizmente as marcas das minhas unhas já cicatrizaram.

— Então, como está a nova gatinha? Ela ainda tem garras muito afiadas? — pergunto, erguendo uma sobrancelha.

Sua mão inconscientemente sobe para a lateral de seu pescoço, deixando-a cair rapidamente quando percebe que estou focada naquele ponto, triste pela evidência de minha raiva ter sumido.

TARA SIVEC

— Você não disse que não conseguia se lembrar de nada? — ela pergunta, com reprovação.

— Não de tudo. Ainda não. Apenas algumas coisas, como você tentando roubar Nolan de mim.

Gostaria de ter um momento para apreciar o fogo que vejo em seus olhos e sua tentativa de criar coragem, mas ela é um ser humano muito estúpido para eu desperdiçar isso.

— Ah, me dá um tempo — ela zomba. — Você passou dois anos sem querer nada com ele só porque era o jardineiro e muito abaixo de seus padrões sociais. No minuto em que mostrei interesse por ele, de repente você começou a se vestir como uma vadia e se jogar em cima dele.

Eu me movo para perto, até que ela não tem escolha a não ser dar alguns passos para trás, saindo pela porta e voltando para a varanda.

— Você sabia que Ike está desaparecido há algumas semanas? E minha mãe acabou de morrer. Também não vejo meu pai há alguns dias... — digo, ponderando e batendo com o dedo no queixo. — Estranho como as pessoas por aqui desaparecem ou acabam mortas, não acha?

O rosto de Truddy fica branco como papel e, sem dizer mais nada, ela desce as escadas o mais rápido possível e vai para a entrada da garagem, adentrando o Buick Electra de seu pai. Sem nem perder tempo manobrando o carro, ela apenas dispara de ré pelo caminho longo e sinuoso.

Limpo as mãos uma na outra como se tivesse acabado de tirar o lixo, fecho a porta da frente e volto a andar. Meus olhos vagam até a porta do porão e paro quando uma conversa flutua em minha mente.

— *Vamos, vamos para o porão.*

— *Você enlouqueceu? É assustador lá embaixo.*

— *Não é assustador quando você vai com outra pessoa. Vamos lá, tem uma coisa que eu quero te mostrar.*

— *Eu já estive lá antes. Acredite em mim, não há nada que eu não tenha visto.*

— *Você não viu os ossos...*

Meus pés me levam até a porta enquanto tento lembrar mais da conversa. Com quem eu estava falando? Deve ter sido Truddy. Talvez eu devesse ter sido um pouco mais legal com ela durante alguns minutos e arrancado algumas respostas dela. Tento abrir a porta pela maçaneta e, como antes, ainda está trancada. Eu rosno em frustração e levo apenas um segundo para me lembrar de uma coisa.

— Você é tão idiota, Ravenna — murmuro, correndo de volta pelo corredor e subindo as escadas.

Lanço um olhar de desgosto para a porta fechada do escritório do meu pai quando passo por ela e pego o cabide torto que deixei no chão, do lado de fora do quarto de hóspedes, onde Nolan o jogou naquele dia. Descendo as escadas para a entrada do porão, deslizo até parar em frente à porta de madeira. Eu me agacho, enfio a ponta do cabide no buraco da fechadura e o balanço, exatamente como vi Nolan fazer. Eu cutuco e viro o cabide para um lado e para o outro, ficando rapidamente frustrada porque abrir uma fechadura de chave-mestra não é tão fácil quanto Nolan fez parecer. Continuo trabalhando, mas, depois de alguns minutos, meus dedos começam a ter câimbras de tanto segurar o pedaço de arame tentando forçá-lo no lugar certo.

Soprando meu cabelo para longe dos olhos, movo o cabide para a minha mão esquerda, sacudindo a direita para dar uma pequena pausa antes de voltar ao trabalho. Estou empurrando com tanta força em todas as direções no pequeno buraco que o cabide começa a dobrar e a porta continua trancada.

Eu *preciso* entrar naquele porão. Tenho que descer lá. Não preciso entender as coisas que minha mãe me disse e nem preciso entrar no escritório do meu pai. Todas as respostas estão lá embaixo — eu sei que estão.

— Não desça lá. Você nunca mais vai subir se for lá embaixo.

Rapidamente pulo para longe da porta com culpa, o cabide de arame caindo das minhas mãos e fazendo barulho no chão.

Meu pai está encostado no corrimão da escada, ainda usando a mesma calça azul-escura e a mesma camisa branca do dia em que o legista veio levar o corpo da minha mãe. Depois de uma semana vestindo e dormindo com as mesmas roupas, elas agora estão enrugadas, manchadas e desgrenhadas. A ponta de sua camisa saiu de dentro da calça e está pendurada sobre o cinto, e seu cabelo curto e escuro está de pé ao redor de sua cabeça, como se ele estivesse constantemente puxando tufos dele.

Percebo uma garrafa meio vazia de uísque pendurada entre dois de seus dedos na altura de sua coxa e reviro os olhos. É uma surpresa que ele ainda não tenha bebido até a morte.

— Você me ouviu, garotinha? Não desça as escadas — ele diz, se afastando do corrimão.

Ignoro seu aviso e nego com a cabeça para ele.

— Talvez você queira tentar ficar sóbrio e tomar um banho. A equipe de jardinagem não vem aqui há dias porque não sabem o que devem fazer e as pessoas continuam ligando para saber quando vamos abrir novamente para visitação.

Ele me encara sem piscar, levando a garrafa aos lábios, inclinando-a para trás e dando um grande gole.

— Você a matou — ele sussurra, quando tira a garrafa da boca.

— Eu não a matei. Ela enfiou a arma na boca sozinha — eu o lembro.

Ele balança a cabeça e seu rosto se contorce em miséria.

— Não, não, não. Isso foi culpa sua. Você a matou. Ah, meu Deus, o que eu vou fazer? Ela vai morrer se descobrir... Eu preciso esconder, não posso deixá-la saber.

Será que todos ao meu redor enlouqueceram?

Ele tropeça para frente e arrasta seus pés pelo chão até estar bem na minha frente. Cheira a suor, uísque e vômito, e torço o nariz com desgosto quando olho para ele.

Eu costumava pensar que ele era um homem muito forte e poderoso. Teria feito qualquer coisa para fazê-lo me amar... Agora ele é um projeto de ser humano, culpando todo mundo por seus problemas.

Sua mão sobe de repente e ele segura minha bochecha com a palma, acariciando meu rosto com o polegar.

— Sinto muito que isso tenha acontecido com você. Volte para mim. Por favor, volte para mim — ele soluça.

Dou um tapa em sua mão, frustrada e cansada de ouvir as bobagens que saem de sua boca bêbada, passo por ele e sigo em direção à porta.

— Onde você está indo? Você não pode ir embora. Não me deixe! — ele grita.

— Vá se limpar, pelo amor de Deus — grito de volta, abrindo a porta da frente.

— Você vai ver aquele menino imprestável, não é? Ele te contou? Eu sabia que ele não seria capaz de manter a boca fechada — exclama, atrás de mim.

Paro com a mão na porta e me viro.

— Do que diabos você está falando? — pergunto, entre dentes.

— Eu vi você andando por aí com ele. Sei que vocês têm conversado. Eu deveria ter pensado melhor antes de confiar a ele um segredo como esse, pedaço de lixo inútil.

Ele leva o uísque aos lábios e toma um gole, dando a volta no corrimão e subindo as escadas desajeitadamente.

— Diga a ele que está demitido — meu pai grita para mim. — E diga a ele que deveria ter cuidado da própria vida e ficado longe da floresta naquela noite.

CAPÍTULO 15

A chuva cai em meu rosto e abro os olhos lentamente, choramingando alto devido à forte dor em minha cabeça. Tudo dói e está tão escuro... Não sei onde estou, o que aconteceu e por que estou tão molhada e com frio. Gostaria de conseguir parar de tremer, porque isso só faz tudo doer ainda mais.

Ouço um barulho por perto, mas minha cabeça dói demais para virar para o lado e ver o que é. Olho para a escuridão acima de mim, me perguntando se isso é um sonho e torcendo para acordar logo para que a dor em minha cabeça pare. Não sei onde estou. Não sei o que está acontecendo e tentar pensar só faz minha cabeça doer mais. Sinto algo deslizar sob minhas pernas e minhas costas e, de repente, estou flutuando no ar. Grito de dor quando meu corpo é puxado, sem ligar para o que está acontecendo ou para onde estou indo, porque pelo menos estou pressionada contra algo quente, em vez de deitada no chão frio. Um flash de luz brilhante ilumina tudo ao meu redor por uma fração de segundo, e engasgo quando vejo o rosto olhando para mim, reconhecendo-o imediatamente.

Seus braços me envolvem com mais força e ele se move mais rápido, com galhos e folhas batendo em nós, seus passos pesados espirrando nas poças enquanto ele corre.

— Você não vai conseguir me salvar — murmuro para ele, meus olhos tão pesados que não consigo mais mantê-los abertos.

— Estou te levando para casa.

Ele se esforça para pronunciar as palavras, mas sua respiração está difícil de correr tão rápido comigo nos braços. Ele finalmente consegue sair da floresta e corre pelo quintal. O homem não faz ideia de que não estou me referindo ao que aconteceu aqui esta noite. Não faz ideia de que estou tentando avisá-lo. Ele pode me salvar da escuridão na floresta, mas nunca será capaz de me salvar da escuridão dentro da minha alma.

— Eu sinto muito, sinto muito. Nunca mais vou deixar que nada aconteça com você.

Sentada na grama, abraço meus joelhos contra o peito olhando fixamente para o aglomerado de árvores a alguns metros à frente — o lugar onde esse pesadelo em minha mente começou e nunca parece terminar.

Tento deixar a raiva fluir através de mim e aliviar a dor que sinto no peito, mas não está funcionando desta vez. Eu baixei a guarda, deixei alguém se aproximar e essa foi a minha recompensa: mais mentiras e mais traições, como sempre. Eu não aprendi a lição tentando ser a filha boa, perfeita e obediente dos meus pais? Deveria ter pensado melhor antes de fazer o mesmo com Nolan, tentando ser uma adolescente normal, com um garoto normal e gentil.

Ele não é gentil. Ele é um mentiroso, e eu odeio pessoas mentirosas.

Ouço um farfalhar das árvores à minha esquerda, alguém abrindo caminho entre as folhas e galhos quebrados no chão. Pelo canto do olho, o vejo emergir da floresta, mas não encaro até que ele esteja ao meu lado, acima de mim, e eu sentada na grama, esperando.

Assim como todo mundo, ele vai se arrepender. Vai se arrepender das mentiras e da traição, e vou me certificar de que doa para que ele possa entender como é sentir dor de verdade.

— Desculpe, me atrasei. Tinha algumas coisas para resolver em casa — desculpa-se Nolan.

Finalmente viro a cabeça e o olho. O sol está atrás dele, criando uma sombra que esconde suas feições, assim como naquela noite na floresta. Ele vira o corpo e o sol finalmente ilumina seu rosto. Eu o fito e o vejo, assim como naquela noite.

— Você é um mentiroso — sussurro, com raiva, me levantando da grama para não me sentir tão pequena e impotente sentada abaixo dele.

Seus olhos se estreitam e ele balança a cabeça, confuso.

— Você não precisou ouvir nenhuma fofoca dos outros funcionários sobre o que aconteceu naquela noite, porque você estava *lá* — rosno.

Seus olhos se fecham, ele abaixa a cabeça e eu praticamente posso sentir a culpa saindo de seus poros.

— Ravenna, por favor, me deixe explicar — pede, suavemente.

Ignoro a dor em sua voz e tento não pensar em como fui estúpida com relação a ele. No quão desconfortável eu fiquei em ter alguém finalmente sendo legal comigo e cuidando de mim. Nolan nunca se importou comigo, ele é como todo o resto.

— Não precisa explicar. Você é um mentiroso, assim como todo mundo.

TARA SIVEC

Seus olhos azuis pálidos olham para mim com tristeza e arrependimento, mas me recuso a ser fraca desta vez. Sou uma lutadora, e ele finalmente vai perceber isso.

— Me desculpe. Por favor, Ravenna, me deixe...

Interrompo seu pedido de desculpas angustiado com um forte empurrão em seu peito. Ele tropeça para trás e eu o sigo, indo para frente.

— Mentiroso — rosno, com os dentes cerrados, novamente batendo as mãos o mais forte que posso em seu peito antes que ele tenha a chance de se equilibrar do primeiro empurrão.

Seus pés se entrelaçam e tropeça, mas se endireita no último segundo. Eu o quero abaixo de mim, onde ele pertence, para que eu possa subir nele, envolver meus dedos em seu pescoço e apertar. *Apertar* até que ele esteja arranhando meus dedos e engasgando com a própria respiração.

— *Ravenna, pare!* — grita, segurando meus pulsos e me puxando rudemente contra si.

Estou respirando pesadamente, e o fogo dentro de mim está se agitando e crescendo, querendo machucá-lo. Querendo causar-lhe dor, para que ele saiba como é.

— Sei que você está com raiva, mas tem que me deixar explicar — implora. — Sinto muito por ter mentido. Você não tem ideia de como sinto muito, mas eu tinha um motivo. Por favor, me deixe explicar.

Forço minha raiva a se acalmar, já que ainda não estou pronta para mostrar a ele quão verdadeiramente estranha eu sou, não importa o quanto o esteja odiando agora.

— Sei que você não confia em mim, mas preciso que vá a um lugar comigo — explica rapidamente, quando percebe que o estou deixando continuar. — Eu prometo que, se me deixar te mostrar uma coisa, você vai entender porque fiz o que fiz.

Ele solta meus pulsos lentamente e levanta as mãos em sinal de rendição.

— Por favor, só venha comigo.

Nolan se vira e começa a se afastar de mim, olhando por cima do ombro com olhos que me suplicam para segui-lo. Relutantemente, começo a andar alguns metros atrás, enquanto ele segue o caminho coberto de mato que leva à floresta.

Nós caminhamos em silêncio por entre as árvores e as lembranças daquela noite escura e chuvosa flutuam em minha mente, mas ainda não o suficiente para me lembrar por que e de quem eu estava fugindo.

Depois de alguns minutos, nós saímos do outro lado da floresta, no gramado que leva a uma pequena cabana branca a algumas centenas de metros de distância. Faço uma pausa, encarando a casa que eu nem sabia que estava aqui.

Nolan se vira, me vê boquiaberta e faz um gesto com as mãos para que eu continue seguindo-o. Deixo escapar um suspiro irritado, mas vou atrás dele, que caminha até a porta da frente da casa. Ele faz uma pausa com a mão na maçaneta, inclinando a cabeça e fechando os olhos.

— Nunca menti quando disse que me importo com você, Ravenna. Eu me importo, prometo. Você não tem ideia do quanto estava me matando esconder isso de você, mas eu tinha que fazer isso.

— Que lugar é esse?

Ele se vira para olhar para mim e dá de ombros.

— É a minha casa. Bem, a casa dos meus pais. Nós vivemos aqui durante toda a minha vida. Antes de o meu pai morrer, ele era o zelador-chefe do presídio e essa casa veio com o trabalho. É um dos motivos pelos quais não fui completamente honesto com você.

Nolan desvia o olhar e abre a porta, entrando na pequena residência. Sigo atrás dele, entrando em uma pequena sala de estar, envolta na escuridão de persianas fechadas.

— Qual é o outro motivo? — pergunto, e ele dá a volta em mim para fechar a porta atrás de nós.

Ouço uma tosse e um leve gemido de dor no canto mais distante da sala. Dou um passo em direção ao barulho, apertando os olhos para tentar ver melhor quando percebo que há alguém sentado em uma cadeira nas sombras.

Nolan se move atrás de mim e seu peito pressiona meu ombro, enquanto ele olha na mesma direção.

— Ela é a outra razão — sussurra, desviando de mim para caminhar mais para dentro da sala e em direção ao canto.

Observo-o silenciosamente levantar uma das persianas alguns centímetros para deixar a luz do sol entrar, os raios brilhantes iluminando a metade inferior da mulher que está sentada com um cobertor sobre o colo. Nolan se agacha na frente dela, e coloca as mãos nos joelhos.

— Mãe, eu trouxe companhia comigo — ele diz a ela com um sorriso, olhando para mim por cima do ombro. — Ravenna, esta é minha mãe, Beatrice Michaels.

Meus pés avançam sobre o tapete e meus olhos observam a mulher frágil e doente me fitando. Seu roupão parece dois tamanhos maior que seu corpo pequeno, mas ainda consigo ver os ossos de seus ombros saindo do tecido. Seu rosto está magro e pálido, e o turbante em sua cabeça não esconde totalmente o fato de que ela não tem cabelo.

Nolan me observa enquanto olho para ela, sua voz calma enchendo a sala.

— Ela tem câncer e progrediu muito rapidamente nos últimos anos, mas é uma lutadora e vai melhorar muito em breve.

— Não fale de mim como se eu não estivesse aqui, filho — Beatrice murmura, e seu corpo é dilacerado por um ataque de tosse.

Nolan enfia a mão entre a perna coberta pelo cobertor e o braço da cadeira, puxa um lenço e o entrega a ela. Beatrice o pega rapidamente, segurando o pano branco contra a boca ao tossir. Quando tira a mão, noto que o lenço está pontilhado de sangue vermelho vivo.

— Então você voltou — diz Beatrice, me olhando de cima a baixo, e fico parada como uma estátua no meio da sala. — Eu sempre soube que você voltaria e terminaria o que começou.

Nolan se levanta, ao lado de sua cadeira, e alterna o olhar entre nós duas.

— Mãe, do que você está falando? Ravenna nunca esteve aqui antes.

Beatrice balança a cabeça lentamente para frente e para trás, seus olhos nunca deixando os meus.

— Eu os avisei, mas eles não ouviram. Agora eles estão cercados pela morte.

Nolan coloca a mão em seu ombro frágil, esfregando-o suavemente.

— Por que você não tira uma soneca? Quando acordar estará na hora de tomar seu remédio novamente.

Ele se inclina e beija a pele fina de sua bochecha, caminhando de volta até mim. Segura minha mão, entrelaça os dedos nos meus e me puxa gentilmente em direção à porta. Deixo que ele segure minha mão e me leve para longe, só porque não gosto do jeito que sua mãe está me olhando. Minha pele se arrepia a cada palavra que ela fala e só quero ficar o mais longe possível dela.

— Os mortos falam e você sempre deve ouvir — grita Beatrice, entre tosses, e Nolan abre a porta da frente. — Eu vejo a letra *T*. Você se lembra? Você sabe? *T* significa morte, morte significa *T*. Lembre-se da letra *T*. *Lembre-se!* Meu marido tirou aquele corpinho da água. Ele foi um herói e pagou com a vida por agir contra a vontade do mal.

Nolan rapidamente me puxa porta afora e fecha suavemente atrás de nós. Sinto o suor escorrendo pelas minhas costas e uma dor aguda atravessa minha cabeça, por trás dos meus olhos, me fazendo espremê-los bem fechados. Deixo Nolan me guiar cegamente pelas escadas e de volta para a floresta, nos movendo rapidamente pelo caminho até chegarmos ao outro lado do terreno do presídio. Ele para no meio do quintal e finalmente abro os olhos, a dor de cabeça diminuindo. Nós nos encaramos em silêncio e ele esfrega meus braços suavemente.

— Me desculpe por isso. A medicação que ela toma às vezes a faz dizer algumas coisas bem estranhas — explica. — Antes de meu pai morrer, ela trabalhava no presídio fazendo leituras de mãos para alguns dos grupos de visitantes. Ela sempre teve um sexto sentido para as coisas e seu pai achou que seria algo divertido de se acrescentar aos passeios. No geral, basta ler as pessoas e suas reações, contando-lhes coisas que você sabe que as afetarão. Não é como se ela realmente falasse com os mortos ou algo assim.

Nolan ri, desconfortável, mas eu olho para longe dele e para o presídio ao longe, pensando nas palavras que ela falou para mim. Ele continua falando para preencher o silêncio constrangedor.

— Eu ouvi gritos vindos da floresta naquela noite. Tinha acordado para dar o remédio para minha mãe — explica, suas mãos ainda esfregando meus braços durante a fala. — Corri para a floresta e encontrei você caída no chão, com a cabeça sangrando. Eu te carreguei de volta para o presídio e seu pai me disse para colocá-la no chão e sair imediatamente. Quando tentei falar com ele sobre chamar a polícia ou te levar a um hospital, ele ameaçou meu emprego. Disse que se eu dissesse uma palavra sobre qualquer coisa, ele me demitiria e chutaria eu e minha mãe para fora de casa.

Desvio o olhar do presídio e o encaro, vendo a verdade estampada em seu rosto: a verdade, a culpa, a dor e o remorso.

— Seu pai só me deu esse emprego porque se sentiu mal porque meu pai teve um ataque cardíaco aqui na prisão enquanto trabalhava. Se eu perder essa vaga, não terei como pagar os remédios da minha mãe e não teremos onde morar. Eu não podia arriscar isso, Ravenna, simplesmente não podia. Minha mãe é tudo o que me resta — finaliza, com um leve tremor de emoção em sua voz.

— Está tudo bem, Nolan, eu entendo — digo a ele, aliviando parte de sua culpa.

Mesmo que eu não entenda o tipo de amor e afeição que ele tem por sua mãe, não estou tão fria e morta por dentro que não consiga ver que não teve outra escolha. Se meu pai descobrisse que ele compartilhou isso comigo, jogaria nós dois na rua sem pensar duas vezes. Ele não se importa com quem machuca, desde que seus segredos estejam seguros.

T significa morte, morte significa T. Lembre-se de T. Lembre-se!

— Não está tudo bem, Ravenna. Eu deveria ter dito a você. Se eu achasse que essa informação te ajudaria a descobrir as coisas, eu teria te contado, prometo. Você já sabe que seu pai tem problemas e está escondendo coisas de você. Dizer que ele ameaçou meu emprego e a casa da minha família não teria feito nada além de incentivar seu pai a cumprir sua ameaça e eu simplesmente não poderia correr o risco — afirma Nolan.

— Então, antes de você, seu pai trabalhou aqui? — pergunto, mudando de assunto antes que eu comece a gostar de tê-lo me tocando.

Suas mãos deixam meus braços quando me afasto, mas dou um sorriso para que ele não pense que estou brava com o que ele me disse.

— Sim, ele conseguiu o emprego quando eu já tinha alguns anos — confirma Nolan, caminhando comigo de volta ao presídio.

T significa morte, morte significa T. Lembre-se de T. Lembre-se!

— Sua mãe disse algo sobre tirar um corpinho da água. Você acha que ela estava falando sobre o acidente no lago, quando eu era pequena? Foi seu pai quem me resgatou?

Nolan dá de ombros.

— Pode ser verdade, mas eu não faço ideia. Às vezes as coisas que ela diz fazem sentido, outras vezes ela fica extremamente confusa, misturando o que aconteceu em sua vida com o que ela leu no jornal ou ouviu no noticiário. Nunca ouvi nenhum deles falar sobre você caindo no lago quando era pequena e sobre meu pai ter tirado você de lá, então pode ter sido apenas a mente dela pregando peças.

T significa morte, morte significa T. Lembre-se de T. Lembre-se!

Eu não me lembro de ter conhecido o pai de Nolan quando era pequena, mas isso não significa nada, pois não me lembro muito da minha infância.

Prometo a Nolan novamente que não estou com raiva por ele ter escondido esse segredo de mim e o deixo voltar para casa para cuidar de sua mãe, subindo as escadas para descobrir uma maneira de forçar meu pai a sair do escritório.

— Meu nome é Ravenna Duskin. Tenho dezoito anos, moro em um presídio e não tenho ideia de por que a letra *T* me enche de pavor.

CAPÍTULO 16

— T significa morte, morte significa T — digo a mim mesma baixinho, escrevendo as palavras no verso de uma velha lista de compras que minha mãe deixou presa na frente da geladeira.

Sublinhando o que acabei de escrever, coloco o lápis na mesa da cozinha e me recosto na cadeira para olhar as palavras. Não faço ideia de por que estou tentando descobrir se as divagações de uma mulher doente e moribunda significam algo, mas estou sem opções agora. Não consigo tirar a imagem dos olhos dela da minha cabeça. Eles não estavam atordoados ou anuviados como os de alguém à beira da morte, confusos pelo tanto de remédios. Os olhos de Beatrice estavam claros e brilhantes, e não se desviaram do meu rosto.

Não me importo se Nolan acha que sua capacidade de ler mãos foi apenas o exagero de um sexto sentido que ela tem, ou que às vezes ela confunde coisas que viu ou ouviu com a vida real. As palavras que ela falou fizeram os pelos dos meus braços se arrepiarem e me deram vontade de sair correndo da sala para que ela parasse de falar.

Por mais que eu tenha odiado, não posso ignorar. Se não tivesse confiado em meus instintos recentemente, ainda estaria acreditando que minha mente estava pregando peças em mim e que eu não sabia nadar. Se eu tivesse ignorado meus instintos, ainda estaria me vestindo do jeito que meus pais exigiam e trançando meu cabelo todas as manhãs. Nunca teria encontrado aquela mala cheia de roupas que sabia serem minhas e nunca teria me lembrado de ter estado naquele quarto de hóspedes antes.

A mãe de Nolan pode ter me dado outra peça do quebra-cabeça, não importa o quão estranha e confusa ela seja. Suas palavras não evocaram nenhuma lembrança, mas me deixaram inquieta e, por mais que eu odeie dizer isso, com medo. O medo é para os fracos e nunca mais serei fraca.

— T significa morte, morte significa T — repito em voz alta, esperando que isso desencadeie em algo. Obviamente, a letra T significa alguma coisa. Pego o lápis novamente e começo a escrever nomes que conheço que começam com T.

> Tanner Duskin, meu pai
> Truddy, minha agora ex-melhor amiga

Há apenas mais uma pessoa que eu conheço cujo nome começa com a letra T e minha mão começa a tremer só de pensar no nome dele. Ouço um estalo alto e percebo que quebrei o lápis ao meio de tanto apertá-lo. Fechando os olhos e respirando fundo algumas vezes, largo a metade do lápis que contém a ponta da borracha e uso a pequena ponta quebrada para escrever o sobrenome.

> Dr. Raymond Thomas...

Coloco reticências após o nome, porque não faço ideia de quem ele seja para mim. Só sei que o nome me enche de pavor, faz minha pele arrepiar e me enche de vontade de gritar a plenos pulmões até minha garganta doer.

Evito pensar nele desde a noite em que minha mãe se suicidou. Quando perguntei sobre ele, ela disse algo sobre como ele só fazia o que lhe pediam. Eu resumo que ela estava se referindo a ela e ao meu pai, mas como saber? Ela podia nem estar falando sobre o médico. Pelo que sei, nem me ouviu dizer o nome dele e estava divagando sobre outra coisa.

Eu não posso mais evitar. Tenho que pensar nele, mesmo que minha mente esteja gritando para eu fugir, porque isso não vai fazer nada além de me machucar. Deve haver uma razão pela qual apenas a menção de seu nome pelo Dr. Beall me fez desmaiar na escada. Tem que haver uma explicação plausível para o porquê das poucas vezes que o nome dele passou rapidamente pela minha mente desde então, mesmo que por acidente, eu sinta como se alguém estivesse me causando dor fisicamente, e eu preciso parar, lembrar de respirar e me acalmar.

Quando ouvi seu nome, foi quase como se ele se unisse às minhas memórias mais dolorosas e aos sonhos mais assustadores que tive desde que tudo isso começou. Mesmo sabendo que é algo de que preciso me lembrar para juntar todas as informações que faltam em minha mente de uma vez por todas, ainda é algo que tenho me recusado a fazer desde aquela noite.

Aquelas memórias me fazem sentir muito mais do que o conforto do ódio, da raiva. Elas me fazem querer fazer mais do que apenas fantasiar sobre machucar pessoas. Uma coisa é pensar nessas coisas e perceber que posso ser um pouco estranha. É um pesadelo totalmente diferente me sentir tão sobrecarregada por esses sentimentos — pelo mero pensamento de um homem — que sei, sem sombra de dúvidas, que poderia acabar com a vida de alguém sem se sentir mal por isso.

Não sou uma assassina. Não sei de muita coisa, mas pelo menos sei disso.

Justamente quando aceito isso, me forçando a pensar naquele homem só para ver se consigo me lembrar de *alguma coisa* sobre a pessoa que provoca tanta dor dentro de mim, ouço a porta do escritório do meu pai se abrir, batendo contra a parede.

Afasto a cadeira da mesa, me levanto e vou até a porta da cozinha apressadamente para ver meu pai indo até a escada.

— Acabou o uísque. Não acredito que a Claudia não tenha comprado mais. Vou ter que falar com ela sobre isso — meu pai murmura, descendo as escadas, com as chaves do carro balançando na mão.

Eu estava pronta para bater em sua porta mais tarde exigindo que ele saísse e falasse comigo. Achei que não tinha nada a perder contando a ele que comecei a me lembrar das coisas, só para ver o que ele diria, embora eu tenha certeza de que ele continuaria mentindo. Ele parece ser especialista nisso. Quero que saiba que estou ciente de que ele mentiu para mim e para o Dr. Beall quando disse que não sabia como voltei para a prisão depois de me machucar naquela noite. Quero estar olhando nos olhos dele quando perceber que sei sobre as ameaças que fez a Nolan, e quero ver sua reação quando eu mencionar o nome do Dr. Thomas.

Mas ouvi-lo falar consigo mesmo sobre minha mãe como se ela ainda estivesse viva acaba imediatamente com esse plano. Eu provavelmente deveria impedi-lo de dirigir a qualquer lugar nessas condições, mas a essa altura eu realmente não me importo se ele bater o carro e se machucar, ou até mesmo se morrer. Ele passou dias me evitando e a primeira vez que olhou para mim foi na noite em que minha mãe se matou, somente para gritar acusações para mim.

Ele rapidamente destruiu a crença idiota que eu tinha quando acordei após o acidente de que era um bom pai e que me amava de verdade. Eu não deveria ter ignorado meus instintos naquele dia, no bloco de celas, quando me pareceu estranho abraçá-lo, como se eu nunca tivesse feito isso antes. Não deveria ter deixado de lado os pressentimentos que tive de que ele estava mentindo para mim desde o primeiro dia. Talvez se eu tivesse ouvido o que minha cabeça estava me dizendo antes, já teria me lembrado de tudo a essa altura.

Mesmo que um dos meus planos tenha que ser adiado por enquanto, rapidamente percebo que outra porta se abriu para mim. Literalmente. A porta do escritório do meu pai está escancarada, e quando ouço o leve ronco de seu carro ligando do lado de fora, seguido pelo barulho de pneus na entrada, corro pela sala de estar.

A sala fede a bebida velha, suor e vômito, nada parecido com o cheiro de fumaça de cachimbo e hortelã-pimenta que geralmente o envolve. Enquanto me aproximo do cômodo, puxo a gola da camisa sobre o nariz, tentando mascarar um pouco o cheiro antes que eu vomite.

Imediatamente localizo a parte de trás de uma foto emoldurada no canto de sua mesa e a pego, virando-a para inspecioná-la. Ao contrário do que dizia minha mãe, a foto não me revela nenhum segredo. Ela nem mesmo evoca nenhuma memória em mim ao olhar para ela. Apesar de ter sido tirada na escada principal, ela parece ter sido tirada por um fotógrafo profissional, já que o nome do estúdio está gravado em relevo na imagem no canto inferior direito. Não tem nada de especial na foto. É uma típica imagem de família, com meu pai sentado na escada e minha mãe no degrau logo abaixo dele, com o corpo virado para o lado e os joelhos recatadamente pressionados juntos. Acho que eu devia ter cerca de cinco anos e estou sentada ao lado da minha mãe com um cotovelo casualmente apoiado nas pernas dela e o outro no meu colo, o braço em volta das minhas costas com parte de sua mão que segura meu quadril visível.

A única coisa estranha e um pouco reveladora é que meu pai parece estar separado de nós. Ele não está com a mão no ombro dela, não está se abaixado para me tocar em um gesto de amor e é o único que não está sorrindo, tanto que suas linhas de expressão estão profundas e destacadas. Ainda que nossos sorrisos — meu e da minha mãe — pareçam um pouco forçados, pelo menos não parecemos irritadas com o mundo. Ele olha para a câmera como se a qualquer momento fosse pular e começar a gritar com todo mundo.

Analisando mais de perto o espaço entre mim e minha mãe, posso ver que ele está com os punhos cerrados, um apoiado em cada joelho.

Negando com a cabeça, me pergunto por que eles guardaram esta foto. Meu pai não parece ser o tipo de pessoa que pode ser coagido a nada, mas é meio óbvio que ele foi forçado a tirá-la, quando claramente não estava tendo um bom dia.

Não tenho certeza se foi isso que minha mãe quis dizer quando disse que a foto me contaria a verdade. Já percebi que meu pai não é muito bom em disfarçar a raiva, mesmo em uma foto de família. Deveria ter cerca de cinco anos na foto e esse foi o ano em que aconteceu o incidente do lago. Talvez fosse disso que minha mãe estava falando e a causa da expressão de raiva no rosto de meu pai. Talvez tenha sido tirada por volta do mesmo horário ou até no mesmo dia.

Mas eu rapidamente descarto essa ideia, colocando a foto de volta onde estava. O acidente quando eu tinha cinco anos é a única coisa que eles não esconderam de mim e praticamente a única sobre a qual eles falaram rapidamente quando perguntei. Não é um segredo ou uma verdade que eu precisava descobrir.

Eu me movo para trás da mesa de meu pai, me perguntando se a menção dela à foto foi apenas uma maneira confusa de me apontar a direção certa. Sento-me na cadeira do meu pai e começo a abrir as gavetas. Nos minutos seguintes, folheio cada pedaço de papel em cada uma delas, mas não encontro nada além de papelada financeira do presídio, plantas antigas e outros itens diversos que são inúteis para mim. Frustrada, fecho a última gaveta com tanta força que ela sacode a escrivaninha e derruba nossa foto de família do canto da escrivaninha para o chão.

Levantando-me da cadeira, vou até a frente da escrivaninha para pegar a foto, grata por meu pai ter um pequeno tapete embaixo da mesa que evitou que o vidro da moldura se quebrasse. Isso tornaria um pouco mais difícil cobrir meus rastros para que ele não soubesse que estive aqui. Levando em conta sua bebedeira, eu duvido que ele teria notado, mas não vou correr nenhum risco. Quanto menos ele souber sobre minhas suspeitas, melhor.

Quando levanto a moldura do tapete, o forro de papelão cai e, com ele, um pequeno pedaço de papel dobrado. Deixando a moldura de lado, pego o papel, o desdobro e encontro um código de três dígitos escrito no canto inferior esquerdo. Olhando ao redor da sala novamente, penso em para que serve o código e por que meu pai o teria escondido em um lugar tão estranho.

Levantando-me com o papel na mão, fico parada no meio do escritório examinando a sala. Olho para uma estante em uma parede cheia de enciclopédias, clássicos literários e alguns objetos aleatórios, como uma xícara de café com clipes de papel, uma lanterna e uma garrafa vazia de uísque que de alguma forma ele não terminou. Lentamente, dou uma volta, estudando todas as fotografias antigas em grandes molduras ornamentadas que estão penduradas nas paredes. Elas são todas em preto e branco, e cada uma mostra o presídio em vários momentos ao longo dos anos. Algumas foram tiradas do lado de fora e o restante do lado de dentro, quando a prisão ainda funcionava, mostrando os presidiários comendo no refeitório, trabalhando nos campos ou na fila esperando os chuveiros.

Meus olhos examinam as fotos rapidamente, já que são praticamente iguais, até que algo se destaca aos meus olhos e eu volto algumas imagens, percebendo que pulei uma que não é igual às outras.

Eu me aproximo e fico bem na frente dela. É uma foto desta mesma sala e meus olhos devem ter passado batido por ela porque é em preto e branco como todas as outras, e até do mesmo tamanho. Não sei bem quando ela foi tirada, mas presumo que tenha sido antes de nos mudarmos, já que na foto as paredes estão completamente vazias e o cômodo não tem móveis. A única coisa na sala é um cofre, embutido na parede onde estou atualmente. Colocando o pedaço de papel entre os dentes, agarro a moldura da foto e a tiro do lugar. Meu coração acelera de emoção assim que vejo o cofre escondido atrás da foto, que eu encosto na parede aos meus pés. Tiro o papel da boca e releio os números. Prendendo a respiração, giro o botão de combinação na mesma ordem escrita no papel.

Treze para a direita, vinte e quatro para a esquerda, sete para a direita.

Assim que a seta no mostrador aponta para o número sete, ouço um clique suave e a porta do cofre se abre. Deixando o papel em minha mão cair no chão, rapidamente abro a porta completamente, um pouco chocada que dentro de um cofre tão grande haja apenas uma única pasta parda, quase invisível por ser tão plana e obviamente não estar muito cheia de papéis.

Embora eu esperasse que ela estivesse lotada de coisas, sei imediatamente que encontrei o que procurava e que minha mãe realmente me disse algo importante, mesmo que fosse um enigma que eu precisava descobrir.

Tiro a pasta fina do cofre e me sento no chão logo abaixo dele, parando por um momento para ouvir qualquer ruído que possa indicar que meu pai voltou. Quando não ouço nada além de silêncio, olho para a pasta e vejo nosso sobrenome impresso na lingueta de uma máquina de escrever.

Abro e vejo as palavras *"solicitação de transferência de presidiários de Gallow's Hill"* impressas na parte superior e, logo abaixo, na primeira linha, o nome do prisioneiro está registrado como Tobias Duskin. Tento me lembrar se já ouvi esse nome antes, mas nada me vem à mente, o que não me surpreende. Ainda assim, solto um suspiro irritado.

Examino a página rapidamente, parando quando chego ao campo que lista os parentes mais próximos do prisioneiro e minha boca fica aberta em estado de choque.

MARGARITA DUSKIN, MÃE, FALECIDA.
DIMITRI DUSKIN, PAI, FALECIDO.
TANNER DUSKIN, IRMÃO.

Tobias Duskin era irmão de meu pai e meu tio, dois anos mais velho que ele, de acordo com a data de nascimento listada no formulário. Por que não me lembro de meus pais mencionarem a existência de um tio? Até onde eu sei, não temos parentes vivos, meus pais supostamente são filhos únicos e seus pais faleceram antes de eu nascer. Pelo menos eles não mentiram sobre a morte dos meus avós, de acordo com esta papelada, mas por que nunca me contaram que eu tinha um tio? Sinto um frio na barriga quando percebo que tenho um tio cujo nome começa com a letra T. A letra que Beatrice foi tão insistente para que eu me lembrasse e mais uma pessoa para adicionar à minha lista, embora eu nem soubesse que ele existia até agora.

Folheando as poucas páginas do arquivo, encontro alguns relatórios manuscritos de médicos, guardas e diretores de antes da época de meu pai, e entendo rapidamente por que meus pais acharam melhor manter a identidade de Tobias Duskin em segredo, mesmo que minha mãe tenha sentido a necessidade de me apontar enigmaticamente na direção deste arquivo pouco antes de ela morrer.

Não vou mentir. Lendo sobre este tio há muito perdido, de repente sinto que os pensamentos perturbadores que tenho e os impulsos que fantasio para me sentir alegre e viva fazem um pouco mais de sentido agora, e que posso ter acabado de encontrar uma razão para o meu comportamento. Parece que esse tipo de coisa é de família, embora meu tio pareça ter levado seus impulsos para o próximo nível, já eu garanto que os meus permaneçam apenas em minha cabeça.

Preso aos dezoito anos pelo assassinato brutal de seus pais com um martelo enquanto eles dormiam pacificamente em suas camas, e depois assassinou mais três inocentes ao sair da cidade, Tobias Duskin confessou as mortes e foi imediatamente condenado à prisão perpétua. Ele não era exatamente um prisioneiro modelo, de acordo com seu registro, constantemente iniciando brigas e passando a maior parte do tempo em confinamento solitário, inclusive matando outros três prisioneiros em sua permanência aqui.

Quando este lugar fechou, alguns anos depois que nasci, todos os 1.900 prisioneiros foram levados de ônibus para outras prisões, alguns para o novo presídio construído a apenas uma hora daqui e outros para os estados vizinhos. Supondo que meu tio foi transferido com todos os outros quando as portas se fecharam, chego à página final do arquivo que lista a data de sua transferência e começo a ter uma sensação desconfortável ao pensar em tudo que aprendi até agora sobre mim, minha vida e a de meus pais, além de seu comportamento comigo e entre si.

Penso nas coisas sobre as quais minha mãe divagava, sobre seus pecados e fraquezas e sobre ela ter cometido um erro e todos terem sofrido por causa disso. Uma das coisas que ela disse se destaca em minha mente e posso ouvir sua voz sofrida em minha cabeça enquanto ela me implorava.

"Precisa falar com ele. Você o verá e entenderá. E então tudo fará sentido."

Eu presumi que ela estava se referindo ao Dr. Thomas. Era a única coisa que fazia sentido, já que ela perdeu o controle apenas algumas horas depois que o Dr. Beall me contou sobre ele.

Tudo se encaixa em minha mente e estou surpresa que isso nunca tenha me ocorrido antes. A distância entre eu e meu pai, a sensação de que ele nunca me amou de verdade e parecia até mesmo me odiar só em me ver. O fato de eu não me lembrar de uma infância feliz e de todas as doces fotos de família que parecem falsas e forçadas. As memórias que tenho de estar em outro lugar que não aqui, cheio de miséria e dor, e a mala no quarto de hóspedes cheia de roupas minhas. Os sonhos e lembranças de ficar presa naquele quarto e, em algum momento, voltar e ser lembrada por Ike das regras da casa, como se eu fosse uma convidada.

Tenho certeza de que este arquivo prova que há uma razão para meu pai não gostar de mim e uma razão para o relacionamento tenso entre meus pais, tensão que deve ter durado até muito depois do meu acidente. Provavelmente por dezoito anos.

Datado exatamente nove meses antes de eu nascer, releio em voz alta o motivo do pedido de transferência escrito com a caligrafia de meu pai, só para me ouvir dizer e ter certeza de que é real e que não estou vendo coisas.

— Eu, Tanner Duskin, diretor de Gallow's Hill, solicito a transferência do prisioneiro A45295, Tobias A. Duskin, por subornar e ameaçar dois guardas de Gallow's Hill a fim de receber tratamento especial por tempo não autorizado longe de sua cela, ocorrido durante o bloqueio noturno várias vezes ao mês e continuando por seis meses. Durante esse tempo, Tobias Duskin se encontrou em particular com a Sra. Claudia Duskin.

Coloco o papel dentro do arquivo, me levanto do chão e o deslizo de volta para o cofre, fechando a porta e girando o botão para trancá-lo.

Ouço os freios enferrujados do meu pai parando do lado de fora, dou uma última olhada ao redor do escritório para ter certeza de que tudo está como ele deixou e então saio rapidamente da sala, me trancando no quarto de hóspedes. Encosto na porta e ouço meu pai subir as escadas, entrar em seu escritório e bater a porta.

— Meu nome é Ravenna Duskin. Tenho dezoito anos, moro em um presídio e acho que acabei de descobrir quem é meu verdadeiro pai.

CAPÍTULO 17

— Jesus, Ravenna, como pode você não estar desmoronando completamente agora? — pergunta Nolan, enquanto estamos atrás do balcão na loja de presentes.

Eu realmente queria fazê-lo sofrer mais e ignorá-lo por mais alguns dias por não ter me contado que foi ele quem me carregou para fora da floresta, mas não é muito fácil tentar resolver um mistério sozinha e minha mente está escondendo tantas informações de mim, e as coisas que eu *descubro* apenas geram mais perguntas. Além disso, é tão patético que ele continue voltando aqui para ficar comigo, que não sou exatamente a pessoa mais agradável de se conviver, que não tenho escolha a não ser sentir pena dele.

Quão miserável deve ser sua vida para ter passado dois anos me desejando quando eu não passava de uma completa esnobe que nem olhava em sua direção? E agora que estou prestando atenção nele, é principalmente para fazê-lo parar de me tocar constantemente ou para mantê-lo à distância para que nem pense em me tocar. E então, há a descoberta de todas as coisas sobre mim que estão ficando cada vez piores, tornando mais do que óbvio que ele provavelmente deveria se afastar de mim o mais rápido possível.

A mãe dele realmente precisa morrer logo para que ele finalmente deixe de pairar ao redor dela, saia daquela casa e veja que existem opções muito melhores do que eu por aí. Por enquanto, acho que vou me contentar com o fato de que ele continua voltando, já que é o único confidente que eu tenho. Agora que ele não se sente mais culpado toda vez que está perto de mim e não precisa mais evitar minhas perguntas sobre aquela noite na floresta, ele parece nunca parar de falar, ansioso para me ajudar a tentar descobrir o resto dos mistérios de que ainda não lembro completamente.

— Qual é o sentido de eu desmoronar? — pergunto em resposta. — Eu já enlouqueci, desmoronar seria muito repetitivo.

Minha voz está cheia de sarcasmo ao virar as páginas do livro à minha frente com um pouco de força demais, acidentalmente rasgando uma ao meio. Felizmente não é uma de que preciso.

— Você não enlouqueceu — ele me tranquiliza. — É óbvio que estava certa em questionar as coisas em que seus pais estavam tentando te fazer acreditar, embora não tenhamos ideia de qual era o sentido de todas essas mentiras quando eles sabiam que eventualmente você começaria a se lembrar das coisas.

Mais uma coisa pela qual tenho passado muitas horas por dia obcecada. O Dr. Beall disse a mim e a meus pais várias vezes que minha perda de memória não era permanente. Por que diabos eles pensaram que eu nunca descobriria que eles estavam mentindo para mim?

— Eles definitivamente tinham segredos — continua Nolan. — Só estou tendo dificuldade em acreditar que sua mãe, sempre tão adequada e controlada, teve um caso com um prisioneiro. Especialmente um assassino condenado que espancou seus próprios pais e três estranhos até a morte com um martelo... E que por acaso era o irmão mais velho de seu esposo. Isso é a coisa mais louca que já ouvi, principalmente por ela ter feito isso bem na cara do marido, no presídio que ele dirigia, onde a qualquer momento alguém que trabalhava aqui poderia tê-los delatado.

Suspiro, continuando a folhear a lista telefônica até chegar à letra P.

— Bom, não é como se houvesse um pedaço de papel no arquivo que dissesse que Tobias é meu pai, mas parece um pouco óbvio, considerando que ele estava se encontrando secretamente com minha mãe há meses e meu pai solicitou sua transferência nove meses antes de eu nascer — digo a ele, passando o dedo pela página.

— Como esse cara foi autorizado a estar aqui em Gallow's Hill quando seu irmão era o diretor? — questiona Nolan.

— Havia outra folha de papel no arquivo que continha uma lista de regras e regulamentos especiais com os quais o Estado fez meu pai concordar para permitir que Tobias ficasse aqui enquanto era diretor — informo, distraída, viro para a próxima página e continuo olhando para baixo na lista. — Coisas como o dobro de visitas do Estado ao presídio para entrevistar guardas e outros funcionários, para garantir que meu pai não estava dando tratamento especial a Tobias, e relatórios adicionais a serem preenchidos que precisavam ser assinados por todos que entraram em contato com o preso. Imagino que o Estado sabia que seria apenas uma questão de tempo antes de fecharem o presídio, então, no geral, deixar Tobias ficar aqui não era grande coisa para eles.

Nolan se inclina para olhar por cima do meu ombro e tento não me afastar. Agora que decidi perdoá-lo, por hora, voltei a ficar irritada por ficar nervosa quando ele me toca ou tenta se aproximar de mim. Odeio e amo isso tudo na mesma medida, e realmente não precisava lidar com essa bobagem agora, mas preciso do cérebro dele, que parece estar em um estado de funcionamento muito melhor do que o meu. A única razão pela qual estou olhando a lista telefônica agora é por causa de uma sugestão sua.

— Tudo isso é tão estranho porque nos dois anos em que trabalhei aqui, nunca vi seu pai sendo nada além de legal com você sempre que vocês dois saíam juntos — reflete Nolan baixinho, bem ao meu ouvido. — Só não entendo porque de repente vocês não se dão bem e ele está agindo de forma completamente diferente contigo.

Cerro os dentes e tento não arrancar um punhado de páginas da lista telefônica, amassá-las em uma bola e enfiá-las bem na boca dele.

— Nós não nos damos bem porque eu o peguei mentindo, e ele gritou comigo e me disse que a culpa de a minha mãe ter se matado foi minha — respondo, com uma voz ríspida.

Nolan põe a mão nas minhas costas e me dá um tapinha suave, e me esforço para não pensar em encontrar o objeto pontiagudo mais próximo e cortar sua mão.

— Ei, me desculpe, não fique brava. Não estou dizendo que não é verdade. Só estou pensando alto, tentando entender as coisas — ele se desculpa. — Admito que não tinha certeza sobre sua teoria no começo, de que tudo gira em torno da noite em que te encontrei na floresta, mas deve haver uma razão para isso ser uma das únicas coisas que você ainda não consegue se lembrar e por que tudo ao redor deste lugar parece estar implodindo desde aquela noite.

Concordo com a cabeça, descartando meus pensamentos sobre sua mão sangrenta rolando pelos degraus da varanda — por enquanto.

— Quando acordei, o Dr. Beall me disse que às vezes a nossa mente esconde eventos traumáticos em um canto secreto até que estejamos prontos para processá-los, e que eu só tinha que esperar, ser paciente e, eventualmente, me lembraria de tudo. Considerando as coisas de que já me lembrei e o tanto que elas são horríveis, presumo que deve ser muito ruim.

Nolan começa a mover a mão em um pequeno círculo lento no meio das minhas costas, e tento aproveitar como uma garota normal de dezoito anos faria se um garoto bonito e mais velho mostrasse afeto na tentativa de confortá-la. A sensação física é boa, mas simplesmente não me conforta mentalmente.

— Odeio o fato de que tudo parece uma bola de neve desde aquela noite. E me odeio por estar um pouquinho feliz que a destruição da sua vida possa ser a única razão pela qual você reconheceu minha existência em dois anos — admite.

Paro de procurar na lista telefônica para olhar para ele interrogativamente.

— Pensei que você disse que eu comecei a agir de forma diferente e a falar com você pouco antes daquela noite...

Ele dá de ombros.

— E foi, mas parecia falso por algum motivo. Nada como tem sido nas últimas semanas. Quero dizer, a forma diferente como você se vestia e usava o cabelo nas primeiras vezes em que falou comigo realmente combinavam com sua personalidade, mas não sei. Foi estranho como isso aconteceu do nada, e mesmo que eu tenha gostado que você finalmente estivesse falando comigo, nunca pareceu genuíno.

Olho de volta para a lista telefônica antes de começar a comparar seus olhos azuis com os oceanos ou o céu ou qualquer outra coisa que garotas estúpidas fazem.

— Então, o que você está dizendo é que bastou um corte enorme e sangrento na minha testa e uma pequena perda de memória para eu me tornar uma pessoa mais honesta? — pergunto.

— Por mais horrível que pareça, sim — concorda Nolan.

Engulo a necessidade de gargalhar. Há apenas alguns momentos eu estava sonhando acordada em cortar sua mão, o tempo todo fingindo que não estava incomodada por ele estar me tocando. O fato de que ele não faz nem ideia disso me faz querer revirar os olhos.

— Só quero ajudá-la a chegar ao fundo dessa questão, para que você possa parar de sentir tanta raiva e finalmente possa seguir em frente — ele me diz.

Como se fosse simples assim. Pobre Nolan, tão sem noção...

— Ahá! Encontrei — anuncio, com o dedo embaixo do nome que eu estava procurando. — Penitenciária de Strongfield.

Este presídio é o quarto de cinco listados nos papéis que encontrei no cofre do meu pai de possíveis instituições para as quais Tobias poderia ter sido realocado. Nolan sugeriu que eu começasse a ligar para as prisões para ver se ele está detido em alguma delas atualmente. Os três primeiros me informaram que não tinham nenhum detento com este nome, nem nunca tiveram no passado.

Pego o telefone no balcão e giro o botão enquanto Nolan recita os números para mim. Alguém atende após o primeiro toque e explico mais uma vez que estou procurando um parente chamado Tobias Duskin. Mas, no momento, estou perdendo um pouco as esperanças. Ele pode nem estar mais vivo, muito menos no único outro presídio a uma curta distância daqui.

A mulher me coloca em espera e leva apenas alguns minutos para ela voltar à linha.

— Sim, temos um homem aqui chamado Tobias Duskin. Ele está aqui desde que foi transferido em 1947.

— Você não quer dizer 1946? — pergunto, sabendo que a data do pedido de transferência no formulário que vi foi exatamente nove meses antes de eu nascer e o motivo pelo qual eu consegui ligar os pontos.

Talvez tenha sido apenas um erro estranho, uma coincidência, e meu pai escreveu a data errada. Talvez eu tenha tirado conclusões precipitadas porque aquela resposta faria com que tantas coisas se encaixassem e daria a elas uma explicação, em vez desta grande confusão em minha cabeça. Os encontros noturnos privados podem não ser uma prova definitiva de um caso extraconjugal, talvez fossem apenas... Sei lá, coisa de família.

Coisas estranhas aconteceram, principalmente recentemente. Mas não é como se eu tivesse encontrado uma certidão de nascimento naquele arquivo listando Tobias como meu pai.

A mulher me diz para esperar novamente e a ouço mexendo nos papéis. Depois de alguns minutos, ela volta à linha.

— Não, definitivamente foi em 1947, embora tenhamos recebido o primeiro pedido em 1946. Infelizmente, estávamos lotados naquela época e não pudemos atender ao pedido. Diz aqui que, em 3 de setembro de 1947, recebemos um telefonema de seu antigo local de encarceramento, Gallow's Hill. A papelada a que tenho acesso não dá muitas explicações, apenas diz que uma chamada de emergência foi feita solicitando transferência imediata por causa de um evento perigoso, possivelmente com risco de vida, que Gallow's Hill não conseguiu lidar. Nós o buscamos no mesmo dia.

Eu mal presto atenção ao que ela diz depois de ter me informado sobre a data oficial de transferência dele, e quando ela fala sobre os dias e horários de visitação, volto à consciência pelo menos o suficiente para rabiscar no livro-caixa que está aberto em uma página em branco ao lado do telefone. Quando ela me pergunta se preciso de mais alguma coisa, não me dou ao trabalho de responder e apenas desligo o telefone.

— Pelo que ouvi, acho que você encontrou o presídio certo. Ele morreu ou algo assim? É por isso que você parece estar em estado de choque? — pergunta Nolan, puxando o livro-caixa em sua direção para ver o que escrevi.

— Ele ainda está vivo e sim, ele está lá. Tobias não foi transferido nove meses antes de eu nascer, como eu pensei — murmuro, repassando as palavras da mulher em minha cabeça novamente, percebendo que estava certa em minhas suspeitas o tempo todo, e me sinto ainda mais segura delas agora do que estava há cinco minutos.

— Ok, então o que isso significa? Agora você não acha mais que ele é seu pai? De qualquer forma, era tudo apenas suspeita, então não é como se tivéssemos qualquer prova concreta — ele me lembra, empurrando o livro de volta para onde estava.

— Acho que nós temos provas ainda melhores agora — informo a ele, arrancando a página do livro com os horários de visita. — Ele não foi transferido em 1946, mas foi uma transferência imediata e de emergência para Strongfield no mesmo dia em que eu nasci. Isso me parece um pouco estranho. E para você?

Nolan passa a mão pelo cabelo e balança a cabeça para frente e para trás lentamente.

— Sim, isso é um pouco coincidência demais, até para mim. Suponho que você gostaria de fazer uma pequena viagem, já que Strongfield fica a apenas uma hora de distância, e se os horários no papel em sua mão são os horários de visita, isso significa que ainda temos cinco horas restantes hoje.

Eu me afasto do balcão e pego as chaves sobressalentes do carro do meu pai no gancho pendurado na parede. Felizmente, não preciso esperar por outro motivo aleatório que faça meu pai sair de seu escritório, me dando a oportunidade de roubar as chaves do carro que estão sempre guardadas em sua mesa — ou ser forçada a fazer Nolan arrombar a fechadura e ter que inventar uma mentira para eu ter precisado das chaves.

Sentindo uma explosão anormal de felicidade e, estranhamente, nem um pouco desconfortável com isso, decido tentar ser um pouco legal e jogo as chaves para Nolan, informando-o que ele pode dirigir. É o único controle que me sinto confortável em dar a ele agora.

Quando saímos pela porta da frente, me certifico de que a placa "fechado por tempo indeterminado" ainda esteja pendurada bem no meio dela. Coloquei lá no primeiro dia em que meu pai se trancou, se recusando a lidar com qualquer coisa, incluindo o funcionamento desta prisão. Depois de uma hora tendo que lidar com visitantes irritantes e intrometidos, escrevi as palavras em letras grandes e fortes, e colei a placa em destaque na porta. Não sei o que acontecerá se o Estado descobrir há quanto tempo meu pai está ignorando o negócio, já que este é um prédio histórico e eles financiam tudo, além de nos dar um lugar para morar de graça. Sinceramente, não me importo.

Depois que acordei do acidente, minha mãe trançava meu cabelo todas as manhãs e me contava repetidamente todos os fatos sobre a garota que eu supostamente era, mas só havia uma que eu gostava de ouvir: eu tinha uma bolsa integral esperando por mim em uma faculdade muito boa a algumas horas de distância, e essa bolsa incluía hospedagem e alimentação. Mesmo que eu nunca descubra tudo ou nunca recupere todas as minhas memórias, pelo menos poderei dar o fora deste lugar que parece ser a raiz de tudo que deu errado na minha vida, deixar meu pai e nunca mais olhar para trás.

Nolan abre a porta do passageiro do carro do meu pai como o perfeito cavalheiro que ele é, fechando-a quando tem certeza de que estou dentro. Observo enquanto ele dá a volta pela frente do veículo e sussurro meu mantra, que está em constante evolução.

— Meu nome é Ravenna Duskin. Tenho dezoito anos, moro em um presídio e vou conhecer meu verdadeiro pai.

CAPÍTULO 18

Tentei passar a viagem de carro de uma hora até a Penitenciária Estadual de Strongfield em silêncio, para poder planejar o que diria a Tobias Duskin, mas Nolan queria conversar, como sempre. Como não podia forçá-lo a calar a boca agarrando o volante e nos desviando para uma árvore sem me machucar também, desisti do meu desejo de ficar quieta para que pudéssemos repassar a lista de coisas que eu sabia *versus* a lista de coisas que ainda eram questionáveis.

— Certo, a primeira coisa que te pareceu estranha foi a forma como você usava seu cabelo e as roupas em seu armário, ambos os quais sua mãe insistia que eram seu estilo e uniforme diário, correto? — pergunta Nolan, e olho pela janela, observando o cenário passar voando.

— Correto — respondo. — Ambas as coisas me pareciam completamente erradas no primeiro dia em que acordei após o acidente.

Nolan acena com a cabeça, ligando os limpadores quando algumas gotas de chuva respingam no para-brisa.

— Você se sentiu melhor quando passou a tesoura em suas roupas e soltou o cabelo, e encontramos uma mala inteira de roupas que você sabia que eram suas.

— Sim — respondo rapidamente, virando a cabeça para olhar seu perfil. — Mas mesmo que me sinta mais eu mesma agora, você confirmou o que minha mãe me disse sobre minhas roupas e meu cabelo: que durante os dois anos inteiros que você trabalhou no presídio, exceto pelos poucos dias que antecederam a noite na floresta, eu na verdade sempre usei aqueles vestidos feios e os cabelos bem trançados. Então isso ainda é um pouco estranho.

Nolan encolhe os ombros e se concentra na estrada à nossa frente quando a chuva começa.

— Ainda assim, você teve sonhos e alguns lampejos de memória sobre sua aparência diferente e sobre a mala de roupas. Então, por enquanto, vamos colocar isso na coluna positiva e considerá-la uma memória recuperada com sucesso.

Nós continuamos indo e voltando nos fatos, já que temos tempo de sobra para refazer todos os passos. A viagem demorou mais do que o esperado devido à chuva de verão que se transformou em um aguaceiro, dificultando a visão durante a viagem.

Na coluna de memórias recuperadas eu tenho:

- Sentir-me incomodada com o carinho do meu pai, quase como se ele nunca tivesse feito isso antes. Essa afeição rapidamente se transformou em esquivamento e, em seguida, em uma franca hostilidade em relação a mim. Posso não ter cem por cento de certeza de que a causa de tudo é o fato de ele não ser meu pai, mas está na coluna positiva por enquanto;

- Os sentimentos de ódio por Truddy, minha suposta melhor amiga, bem como as lembranças de nós duas brigando e os arranhões suspeitos em seu pescoço, sobre os quais eu sabia que ela estava mentindo. Isso foi confirmado como algo real e parte das minhas memórias perdidas quando finalmente me lembrei de toda a nossa briga e a confrontei sobre isso. Estar presa em um espaço pequeno e ser forçada a conversar com Nolan durante toda essa viagem de repente se tornou agradável quando pude olhar para o perfil dele e reviver tudo isso. Pude testemunhar seu rosto ficar com um tom brilhante de vermelho, seguido por repetidas desculpas e súplicas, terminando em garantias patéticas de que Truddy o beijou, não o contrário, e que ele deixou claro para ela que não gostava dela desse jeito.

- O porquê de Nolan não gostar muito de mim, assim como meu desconforto perto dele, foi finalmente revelado quando lembrei que ele estava comigo na floresta, que foi ele quem me encontrou e me levou para casa, e então começou a mentir sobre isto. Decido não contar sobre como resolveu minha ansiedade em relação a ele por sua afeição ser estranha para mim, e como acalmo meus sentimentos de desconforto imaginando cortar seus membros. Quer dizer, ele é legal e está me ajudando, então essa parece ser uma conversa que é melhor deixar para... nunca.

A essa altura, as únicas coisas na coluna negativa de que eu ainda não consigo me lembrar totalmente ou explicar de forma alguma são as lembranças horríveis e os sonhos sobre dor, tudo envolvendo o Dr. Thomas e, é claro, o que me forçou a fugir do presídio para a floresta naquela noite.

Nolan insiste que tudo o que sua mãe disse durante nossa curta visita também deveria entrar nesta coluna, já que a medicação que ela está tomando confunde sua mente, mas ainda estou secretamente colocando sua menção à letra T em algum lugar entre as duas listas. Deve haver uma razão pela qual eu senti que era importante e que ela sabia uma verdade sobre mim que não conseguia descobrir. Eu queria que ela parasse de falar, porque suas palavras fizeram minha pele arrepiar e isso não é algo que eu consiga ignorar facilmente. As coisas com as quais me sinto mais desconfortável parecem continuar se transformando em fatos reais sobre minha vida.

Assim que terminamos nossa lista, Nolan liga o pisca alerta e entra no estacionamento de Strongfield.

— Muito diferente de Gallow's Hill, não é? — pergunta, ao encontrar uma vaga de visitante, estacionar e desliga o motor.

Não respondo enquanto me inclino para mais perto do painel para olhar para o prédio à nossa frente. Obviamente, é bem diferente de Gallow's Hill, pois foi construído no início dos anos 1940, em oposição aos anos 1800. É mais moderno e simples, apenas um longo prédio de um andar rodeado por uma cerca de arame.

— Este lugar foi construído especificamente para acolher detentos quando Gallow's Hill ficou muito lotado — explico. — Então, quando fechamos, a maioria dos nossos prisioneiros foram realocados aqui. Com todas as novas leis de direitos dos prisioneiros que foram promulgadas desde o fechamento de Gallow's Hill, eles definitivamente têm melhores acomodações e menos risco de os guardas sentirem que podem tratá-los como quiserem.

Nolan e eu saímos do carro e ele desliza a mão na minha quando corremos na chuva, logo chegando à calçada coberta que leva à entrada de visitantes na lateral do prédio. As palmas das minhas mãos estão suando e não consigo impedir o leve tremor que percorre meus braços quando sacudimos a chuva de nossas roupas e cabelos. Nolan puxa a minha mão que está segurando até seu peito, e a pressiona contra o seu coração.

— Não fique nervosa. Estarei bem ao seu lado — garante.

Mantenho a boca fechada enquanto ele abre a porta, solta minha mão e gesticula para que eu entre antes dele. Não estou nervosa em ver Tobias, porque sei que isso dará respostas às minhas perguntas. Tê-lo segurando minha mão e sendo gentil comigo é o que me deixa nervosa e com vontade de fugir gritando.

Nolan tenta pegar minha mão novamente, mas eu a afasto, andando mais à frente dele em direção ao balcão de identificação, onde uma senhora com aparência de avó está sentada com um caderno e uma caneta à sua frente.

Ela vira o caderno, empurrando-o por sobre o balcão em minha direção com um sorriso no rosto.

— Basta escrever seu nome e o nome do prisioneiro que você visitará hoje.

Pego a caneta do topo do caderno e escrevo minhas informações cuidadosamente no final da lista de identificação. Quando termino, ela vira o papel, olha rapidamente para o que escrevi e começa a se levantar da cadeira. Ela faz uma pausa no meio do caminho para fora de seu assento e sua cabeça chicoteia de volta. Ela levanta o caderno do balcão e o puxa para mais perto de seu rosto, seus olhos se arregalando enquanto olha para mim e para a folha.

— Tobias Duskin? Você está aqui para visitar Tobias Duskin? — pergunta, em uma voz calma e chocada.

— Sim, isso é um problema?

Começo a me preocupar que talvez tenhamos feito a viagem até aqui sem motivo. Talvez ele não tenha permissão para receber visitas. Considerando a extensão de seus crimes, eu provavelmente deveria ter pensado nisso antes de pular no carro e correr até aqui, mas a única coisa que passava em minha mente era que preciso de respostas que só ele poderia fornecer.

— Não, sem problemas — responde, o sorriso novamente em seu rosto ao colocar o caderno de volta em cima do balcão. — Apenas um pouco surpreendente, só isso. Eu trabalho aqui desde antes de o Sr. Duskin ser transferido para cá e, durante todo esse tempo, acredito que ele só recebeu uma visita além da sua.

Nolan e eu trocamos um olhar, e ele entra na conversa:

— Por acaso não se lembraria de quem era o visitante, senhora? — pergunta, educado.

— Ah, meu Deus, não! — ela responde, com uma risada. — Faz tanto tempo que os livros de registro daquela época já foram enviados para o depósito, caso contrário, eu procuraria para você. A única razão pela qual me lembro é porque mantemos relatórios sobre quais presidiários recebem o maior ou o menor número de visitas pessoais e, todos os meses, durante dezoito anos, o Sr. Duskin está sempre no final da lista com apenas um visitante em todo esse tempo.

Ela se afasta do balcão, ocupando-se em pegar nossos crachás de visitante e atendendo o telefone quando toca. Depois de alguns minutos, ela nos entrega os crachás e rapidamente repassa a lista de regras que precisaremos seguir quando nos chamarem, como permanecer apenas na área designada para visitas, não falar sobre o tratamento do preso ou fazer perguntas sobre seu dia a dia ou sobre seus hábitos na instalação, sem conversas que irritem ou perturbem o prisioneiro de alguma forma; quando nossos trinta minutos terminarem, devemos encerrar nossa visita imediatamente sem causar nenhum problema ou nunca mais teremos permissão para voltar.

Tenho certeza de que não teremos problemas em seguir as regras, mas, mesmo que não consigamos, não é como se eu planejasse voltar aqui para visitar Tobias novamente.

Eu e Nolan prendemos os crachás de visitante em nossas roupas e depois nos sentamos nas cadeiras de plástico duras encostadas na parede, até que nossos nomes sejam chamados.

— Já sabe o que vai dizer a ele? — pergunta Nolan baixinho, e ficamos observando mais algumas pessoas entrarem no prédio e irem até o balcão para se identificar.

— Acho que vou direto ao ponto e perguntar se ele sabe que é meu pai — respondo. — Essa é a única pergunta para a qual me preocupo em obter uma resposta agora.

Se eu tivesse mais de trinta minutos com ele e se Nolan não estivesse aqui comigo, eu poderia perguntar por que ele matou seus pais e alguns estranhos. Perguntaria se ele pensou sobre isso de antemão, se sonhou com isso, se ansiava por isso, e se a vontade ficou tão forte que ele teve que fazer algo antes que os pensamentos em sua cabeça o deixassem louco. Basicamente, eu perguntaria a ele se isso era algo que eu deveria esperar, já que compartilhamos o mesmo sangue.

— Visitantes para Duskin?

Nolan e eu nos levantamos das cadeiras quando um guarda segurando uma prancheta anuncia nosso nome. Nós o seguimos por uma porta que sai da área de espera e vai por um longo corredor, parando em outra pequena sala. É solicitado que removamos quaisquer itens que possamos ter em nossos bolsos para que possam ser inspecionados. Nolan tira sua carteira e as chaves, colocando-as sobre a mesa, e esperamos outro guarda rapidamente as verificar, passando a carteira de Nolan de volta para ele e informando que pode pegar suas chaves após a visita.

Saindo da sala, continuamos pelo corredor e chegamos a uma porta fechada. O guarda a destranca e a mantém aberta para nós. No meio da sala totalmente branca há um longo balcão de madeira que vai de parede a parede. São cabines separadas por paredes de madeira presas ao balcão, duas cadeiras de metal dentro de cada cabine e uma divisória de vidro bem no meio.

— Duskin estará na cabine número oito, bem ali — o guarda nos diz, apontando para a cabine bem ao final, que tem uma placa colada na parede interna com o número oito escrito. — Quando ele for escoltado até a cabine, você pode pegar o telefone do seu lado do balcão para se comunicar, e ele fará o mesmo do lado dele. Você terá exatamente trinta minutos a partir do momento em que ele se sentar.

Sem dizer outra palavra, ele se vira e sai da sala. Ando lentamente em direção à cabine oito, olhando para as outras pelas quais passamos, todas atualmente ocupadas por pessoas visitando prisioneiros, com um zumbido baixo de conversa preenchendo a sala. Nolan puxa uma cadeira para mim e me sento, juntando as mãos à minha frente no balcão e olhando para a cadeira vazia do outro lado do vidro.

Nolan sabiamente mantém a boca fechada enquanto esperamos e eu bato meu pé contra o chão sob o balcão em uma excitação nervosa que nem consigo explicar. Estou aqui para confirmar se meus pais mentiram ou não para mim durante toda a minha vida sobre quem meu pai realmente é, e empolgação provavelmente não seria o sentimento mais apropriado para se ter agora, mas não consigo evitar. O pouco que sei sobre Tobias Duskin já me fascina e estou ansiosa para saber mais.

Uma porta do outro lado da divisória se abre de repente e meus olhos avidamente observam o homem algemado sendo levado para sua cadeira, à minha frente.

— Ah, meu Deus — sussurra Nolan, e o guarda ajuda Tobias a se sentar em sua cadeira, dizendo para ele algumas palavras que não podemos ouvir por causa do vidro e então saindo de volta pela porta, deixando-nos sozinhos para nossa visita.

Ah, meu Deus, é isso... Olhar para este homem à minha frente é como olhar para uma versão mais endurecida do meu pai. Eles são tão parecidos que poderiam passar por gêmeos. Observo em silêncio enquanto ele me encara diretamente, nossos olhos exatamente no mesmo tom de verde. Minha mãe tem os olhos da mesma cor que eu, então não é realmente uma prova de que ele é meu pai, mas algo em seus olhos conversa comigo. Não consigo desviar o olhar e o vidro que nos separa me irrita.

Sinto vontade de estender a mão por cima do balcão e tocá-lo, sugar a energia e o entusiasmo que irradiam de seu olhar e para dentro de mim.

Lentamente levanto o receptor do telefone e o seguro contra a orelha, esperando que ele faça o mesmo. Seus olhos nunca deixam meu rosto e, alguns segundos depois, ele segura a alça de seu próprio telefone, as algemas em seus pulsos fazendo com que tenha que usar as duas mãos para trazê-lo até o ouvido.

A estática estala na linha por um momento, e então ouço sua voz suave e profunda.

— Olá, querida.

O canto de sua boca se ergue em um meio sorriso e meu coração bate forte em meu peito. Sua voz me enche de necessidades e desejos, e uma sensação de poder que eu nem consigo explicar.

— Você sabe quem eu sou? — pergunto baixinho.

Ele ri e o som aquece minha pele no cômodo úmido e frio.

— Você se parece com sua mãe, então não é difícil adivinhar quem você é — responde.

— Mas eu também me pareço com você? — pergunto, prendendo a respiração, esperando que ele confirme minhas suspeitas.

— Pode ser que sim, mas você teria que perguntar isso a ela.

— Ela está morta, então na verdade essa não é uma opção — respondo.

— Deixa eu adivinhar: Tanner conseguiu matá-la de tédio? — indaga, rindo de sua própria piada. — Meu irmão não conseguia se divertir nem se a diversão lhe fosse servida em uma bandeja de prata.

Fico quieta, aguardando que ele continue falando. A essa altura, nem me importo mais com o que ele diz, só quero ouvir sua voz.

— E aqui estava eu, pensando que ele me expulsou do Gallow's só porque não aguentava saber que sua esposa preferia a companhia de um assassino à companhia dele — continua. — Ele não precisava apenas proteger Claudia de meus modos perversos: ele também precisava proteger sua bebezinha.

Ele descansa os cotovelos em cima do balcão para se inclinar para mais perto do vidro entre nós, e minha mão agarra o telefone com força. Suas palavras não me ajudam a conseguir ficar parada, me enchendo de emoção e validações.

— Por que você matou seus pais quando tinha dezoito anos? O que te fez matar todas aquelas outras pessoas que você nem conhecia? — pergunto, incapaz de esconder a ansiedade em minha voz.

— Eles tentaram dizer que eu era louco — responde, dando de ombros. — Que eu não estava com a mente sã, e alguns até disseram que o diabo me obrigou a fazer isso.

Presto atenção a cada palavra sua, sabendo que ele não poderia estar louco. Mesmo depois de anos vivendo atrás das grades, ele é mais articulado e organizado do que meus pais jamais foram.

— O diabo não pode obrigar você a fazer algo quando ele vive dentro de você e você recebe seus pensamentos — diz Tobias, em voz baixa. — Eu os matei porque me deixaram com raiva. Eu não gostava das regras deles e eles não gostavam que eu não as seguisse. Depois que experimentei, quando finalmente encontrei algo que me fez sentir vivo, eu quis que nunca acabasse. O homem do posto de gasolina me irritou quando não me deixou usar o banheiro. A mulher que passeava com o cachorro me deu um olhar de reprovação, e a adolescente do Food Mart zombou das manchas de sangue na minha camisa, presumindo que me melei com ketchup.

Ele ri para si mesmo enquanto revive seus assassinatos, sua explicação soando mais como uma simples conversa sobre o tempo do que sobre tirar vidas. Tenho tantas perguntas, mais do que quero saber. Ele olhou fixamente nos olhos deles enquanto morriam e sorriu quando deram seu último suspiro? Ele dormiu profundamente naquela noite porque os pensamentos em sua cabeça finalmente se acalmaram? A primeira batida do martelo no crânio de seu pai soou como música para seus ouvidos, música que ele ainda ouve até hoje?

— Tanner foi um tolo por pensar que me manter longe iria frear o que estava dentro de você — Tobias diz, com um sorriso. — Eu vejo isso em seus olhos, garotinha. Posso sentir isso no ar. Você gosta da maneira como isso te faz se sentir, não é? Você precisa disso apenas para respirar e quer isso apenas para se sentir viva.

Meu coração bate mais rápido a cada palavra que ele diz e minha cabeça balança lentamente em resposta.

— Não lute contra isso, garota. Lutar só vai piorar. Deixe isso viver e respirar dentro de você até que não consiga mais segurar.

Sinto o canto da minha boca se inclinando em um sorriso, combinando com o do homem sentado à minha frente. Meu pai, o assassino de sangue frio.

A porta se abre de repente atrás de Tobias, e o guarda volta com pressa e o puxa da cadeira. Não estou preparada para que nossa visita termine e sinto vontade de bater no vidro, implorar ao guarda para não levá-lo embora. Eu preciso da voz dele. Preciso de suas palavras. Preciso saborear esse sentimento de pertencimento.

— Você tem meus olhos — diz Tobias de repente, logo antes de o telefone ser arrancado de sua mão e colocado de volta na base.

Mantenho o telefone pressionado em meu ouvido e o vejo ser arrastado para longe. Sorrindo, ele me encara por cima do ombro o tempo todo, até desaparecer de vista.

Abaixo o telefone lentamente e o desligo, me levanto da cadeira e ando sem dizer nada para longe da cabine. Ouço a cadeira de Nolan arrastando contra o azulejo e ele corre para me alcançar enquanto o guarda parado ao lado da porta a mantém aberta para nós.

— O que ele disse? Ele confirmou que é seu verdadeiro pai? — pergunta, mas eu ando atordoada pelo longo corredor, de volta pelo caminho que viemos antes.

— Seus olhos me deram calafrios. Eles estavam tão frios e mortos — acrescenta, pegando as chaves do guarda com quem a deixamos e seguindo em frente.

Nós deixamos os crachás na recepção e saímos, onde a chuva continua a cair. Correndo para o carro, Nolan rapidamente abre minha porta e limpo a umidade do meu rosto quando entro.

— Meu nome é Ravenna Duskin. Tenho dezoito anos, moro em um presídio e tenho os olhos do meu pai.

CAPÍTULO 19

Nolan me deixa em Gallow's Hill com a promessa de voltar assim que visse como estava sua mãe. Fico feliz por estar sozinha depois de ter passado uma hora com ele me perguntando se eu estava bem a cada minuto. Eu estou bem depois de saber que meu verdadeiro pai é um assassino psicótico que não sente remorso pelo que fez? Eu estou bem depois de saber que meus pais mentiram para mim sobre quem é meu pai? Estou bem por de repente me sentir normal, como se as coisas que sinto e penso fizessem sentido e tivessem um propósito?

Estou mais do que bem. Estou tonta de empolgação e gostaria de ter passado mais tempo com Tobias. Ele viu algo em mim. Algo que mantive escondido, mas que é uma parte tão grande de quem sou que estou sufocando com a necessidade de falar com alguém sobre isso, alguém que possa me ouvir sem julgamento. Alguém que pudesse me entender.

Eu disse a Nolan que estava bem e que só precisava de tempo para processar as coisas, mas já havia processado no momento em que Tobias abriu a boca e ouvi sua voz. Agora eu tenho um motivo para nunca sentir que me encaixo na minha família chata e comum, além das roupas, do cabelo e da perfeição constante. Eu tenho o sangue de Tobias Duskin correndo nas veias e tudo faz sentido agora.

Chuto para o lado uma das garrafas vazias de uísque que ainda estão espalhadas pelo chão, do lado de fora do escritório do meu pai, e entro no quarto de hóspedes, parando na beira da cama. No meio dela, dobrado ao meio, há um único pedaço de papel que não me lembro de ter visto antes.

Pego o papel, me jogo na cama e o desdobro, descansando a cabeça em um travesseiro. A caligrafia é imediatamente reconhecível e percebo que é uma das páginas arrancadas do meu diário.

Eu me apresso para ler as palavras, mais uma vez sentindo como se as estivesse vendo pela primeira vez, sem me lembrar de pensá-las ou escrevê-las.

Já se passaram duas semanas desse absurdo, e para mim chega. Não apenas minha vida virou de cabeça para baixo ao descobrir que meus pais mentiram para mim todos esses anos, como agora tenho que enfrentar o resultado de sua desonestidade em todos os lugares e em todas as direções que olho. Não entendo as perguntas constantes sobre meu dia a dia, minha família e o presídio. São tantas perguntas que me sinto como se estivesse enlouquecendo, revivendo tudo dos últimos dezoito anos.

Por que todas essas informações são tão importantes? É inveja porque tive uma infância normal e feliz? Eu quero me sentir grata por obviamente ter tido uma vida tão melhor, mas é muito difícil. Não é culpa minha que eu tenha tido sorte. Não é minha culpa que esta casa esteja cheia de fotos de momentos e memórias felizes. Meus pais não param de me rondar, e isso está me deixando louca. Sei que eles se sentem mal por mentir, mas não consigo perdoá-los. Estou com tanta raiva, que tudo naquelas fotos felizes e memórias maravilhosas foi manchado por um segredo que eles mantiveram escondido.

Eles querem que eu seja educada e gentil da forma como me criaram para ser. Que eu mostre a eles que sou uma pessoa elevada, que consegue tirar proveito dessa situação. Esse foi o único motivo pelo qual me conformei em explorar o porão quando meus pais saem para jantar. Odeio descer até lá, mas eu irei, se finalmente for acabar com todas as perguntas. Vou ao porão lutar contra os meus medos. Recuso-me a ser chamada de covarde ou a ser acusada de ter medo de arriscar. Só porque uso vestidos bonitos, mantenho meu cabelo perfeitamente arrumado e me comporto como uma jovem adequada, não significa que tenho medo de ser aventureira.

TARA SIVEC

Vou descer ao porão, não porque fui provocada a isso, mas porque estou cansada de ser sempre rotulada como uma boa menina. Vou provar que também posso ser má.

Amasso a página do diário e a jogo pelo quarto em frustração. Por que eu fui tão enigmática quando escrevi naquele diário estúpido? Menciono como minha vida mudou repentinamente e falo de mentiras que meus pais contaram, mas não digo quais foram elas. Descobri sobre Tobias antes de perder a memória? Foi por isso que corri para a floresta e alguém tentou me machucar? Minha mãe foi a culpada esse tempo todo? Ela admitiu ter me empurrado para dentro do lago e se desculpou por seus pecados e fraquezas.

Quando descobri sobre Tobias, presumi que toda aquela conversa era sobre o caso dela com ele tantos anos atrás e nunca ter me contado que ele poderia ser meu verdadeiro pai. Talvez seus pecados fossem além disso. Talvez eu tenha descoberto sobre Tobias antes daquela noite e ela estava com medo de que eu contasse a meu pai. Isso explicaria como comecei a agir de maneira diferente algumas semanas antes. Explicaria meu súbito interesse por Nolan, a mudança de roupa e penteado, e a briga com Truddy.

Talvez minha mente tenha começado a se fragmentar antes mesmo de eu fugir para a floresta naquela noite. De acordo com a página do diário que acabei de ler, minha vida virou de cabeça para baixo por causa de alguma coisa. Se eu ainda fosse uma menina boa e normal quando descobri que o homem que me criou por dezoito anos não era realmente meu pai, acho que isso teria mudado tudo para mim. Especialmente se eu soubesse sobre o passado de Tobias e o tipo de pessoa que ele era.

"Você está bem, Ravenna? Não consigo nem me lembrar de qual foi a última vez que você esteve em um dos blocos de celas."

A voz de meu pai de repente enche minha cabeça e penso naqueles primeiros dias após o acidente, e no dia em que fui vê-lo no bloco de celas enquanto ele se preparava para uma visitação. Mesmo naquela época, tão cedo, quando eu ainda estava coberta de arranhões e hematomas e ainda tinha um curativo cobrindo o corte na minha cabeça, nada parecia certo, e as coisas que ele me dizia pareciam mentiras. Mas deixei esses sentimentos de lado e culpei meu cérebro confuso por eles.

Corro para fora do meu quarto e desço as escadas, segurando firmemente o corrimão, e me viro para ir para a parte de trás do primeiro andar.

Andando apressada pelos corredores, passo pelo escritório da secretária e, em seguida, pelo depósito cheio de caixas de camisas, xícaras de café e outros itens para reabastecer a loja de presentes, e não paro até chegar à bifurcação no corredor. À esquerda, fica o bloco de celas oeste e à direita, o leste. Viro para a direita, passando pela antiga estação da guarda onde os novos prisioneiros eram registrados antes de serem conduzidos para suas celas, e pela alcova que levava direto para o bloco de celas leste.

"Não consigo nem me lembrar de qual foi a última vez que você esteve em um dos blocos de celas."

Ouço novamente as palavras de meu pai e ando em silêncio pelo chão de cimento, como fiz no dia que decidi que estava cansada de ficar presa em meu quarto e decidi dar uma volta pela prisão. Lembro-me de sentir que suas palavras não faziam sentido porque essa área me parecia muito familiar, especialmente uma cela em particular. Naquele dia, neste cômodo cavernoso, com cinco andares de fileira após fileira de celas minúsculas, onde assassinos, estupradores e outras escórias da sociedade viviam seus dias, olhei para dentro de cada cela dilapidada exatamente como estou fazendo agora, observando camas destruídas e rasgadas, banheiros manchados e paredes de pedra desmoronando, deixando para trás pilhas de pedras e poeira no chão.

Assim como naquele dia em que meu pai me disse que eu nunca tinha estado nesta área, uma cela em particular no meio da fileira chama minha atenção, me convidando para mais perto, e não tenho escolha a não ser ir até ela. Meus pés param automaticamente na frente da cela número sessenta e seis, gravado na parte superior central da armação de aço ao redor da porta da cela.

"Tobias estava na cela número sessenta e seis. Apenas mais um seis e seu pai teria morado em um quarto com a marca do diabo. Você teve sorte por eu estar aqui para garantir que você nunca se transforme nele."

Minha visão fica turva e meu corpo balança, me forçando a segurar a porta aberta da cela enquanto me lembro de alguém me contando sobre Tobias. Não lembro quem era, mas é uma voz masculina, e me recordo de odiá-lo por falar de meu pai com tanta crueldade. Lembro-me de dizer a ele que já havia me transformado em meu pai e que não havia nada que ele pudesse fazer a respeito. Uma dor aguda de repente passa pela minha cabeça ao tentar me lembrar de mais, tentar ver com quem estou falando e quem me contou sobre Tobias.

Estremeço, apertando os olhos, quando sinto uma dor lancinante na cabeça, o sangue correndo pelas minhas orelhas, e as batidas do meu coração tão altas que me surpreende que o prédio não esteja tremendo. Respiro fundo algumas vezes, me recusando a deixar a dor me parar ou me impedir de lembrar. Não posso continuar permitindo que caia uma parede de tijolos em minha mente a cada vez que estou prestes a me lembrar de algo que sei ser importante.

Movo-me lentamente para a cela escura, e o brilho alaranjado do sol poente que brilha através das enormes janelas atrás de mim ilumina as sombras na pequena sala apenas o suficiente para eu ver o que estou procurando: aquela coisa que me atraiu para a cela número sessenta e seis, naquele dia em que eu estava aqui embaixo com meu pai, e é o que me atrai agora.

Mal percebo o piso de pedra irregular sob meus pés descalços enquanto me movo mais para dentro da cela, até que me encontro ao lado do banheiro quebrado, bem na frente da parede dos fundos. A dor em minha cabeça desaparece e abro os olhos completamente, minha mão aparecendo na minha frente. Meus dedos traçam suavemente o desenho tosco na parede, com cuidado para não pressionar com muita força e lascar qualquer parte da pedra e estragá-la.

— O diabo não pode obrigar você a fazer algo quando ele vive dentro de você e você recebe seus pensamentos — digo suavemente em voz alta, que ecoa pelas paredes de pedra, recitando as palavras que meu pai me disse hoje, correndo os dedos sobre a imagem satânica que ele esculpiu na pedra quando estava preso aqui.

Repito as palavras sem parar, como um mantra, meus dedos se deslocando da escultura da figura chifruda com a língua bifurcada até as palavras que ele gravou na pedra, acima dela.

— Você pagará por seus pecados — leio no mesmo tom de voz.

Fecho os olhos e me afasto da parede, pressionando as costas contra a pedra fria, e então deslizo para o chão. Abraço meus joelhos contra o peito e me sinto como se estivesse em casa.

Minhas memórias não parecem mais estar pregando peças em mim. Sei que elas me mostram a verdade, porque, sentada aqui, na cela onde meu pai passou a maior parte de sua vida, sei que já estive aqui várias vezes antes. A umidade deste espaço, o cheiro de pedra mofada e a frieza do chão penetrando em meu short empurram vários momentos para frente em minha mente, onde posso me ver claramente sentada neste mesmo lugar, apenas para me sentir mais perto dele.

As palavras de que me lembrei sobre Tobias e seu número de celular provam que eu sabia sobre ele muito antes de encontrar seu arquivo no... escritório de meu pai. Meu cérebro tropeça ao chamar Tanner de meu pai, mas sempre o chamei assim, e é difícil me obrigar a chamá-lo de qualquer outra coisa agora.

Queria acreditar que foi minha mãe quem me perseguiu na floresta, porque é a única coisa que faz sentido. Isso responde a maioria das minhas perguntas e me dá uma razão plausível para o que aconteceu, especialmente depois de vê-la perder completamente a cabeça e se matar bem na minha frente.

Seria tão fácil aceitar isso como verdade, mas não posso. Sentada na cela de Tobias e aproveitando a familiaridade de estar aqui, essa explicação ainda não faz tudo se encaixar na minha cabeça como deveria. Se essa fosse a peça final do quebra-cabeça, se fosse a única coisa que minha mente ainda estava escondendo de mim, acho que eu saberia, não é? O fato de finalmente descobrir a verdade deveria deixar cada momento daquela noite perfeitamente claro em minha cabeça, mas quando tento me lembrar de quem eu estava fugindo, ainda não vejo nada além de uma figura sem rosto. Ainda ouço uma voz gritando comigo, mas não é masculina nem feminina, apenas ameaças sendo gritadas pela floresta enquanto trovões retumbam ao meu redor.

Deixo a minha cabeça bater suavemente contra a parede, me lembrando das palavras que li na página perdida do diário, e sei que só me resta uma coisa a fazer. A única coisa que sempre soube que precisava fazer, mas fui interrompida antes que fosse possível. Assim como esta cela, essa coisa me atrai de forma ainda mais intensa do que antes agora que li as palavras que escrevi.

É hora de entrar no porão, mesmo que eu tenha que arrombar a porta.

Permito-me mais alguns minutos de silêncio, pensando na voz de Tobias e em como me senti bem quando ele me viu como eu sou.

— Meu nome é Ravenna Duskin. Tenho dezoito anos, moro em um presídio e o diabo está dentro de mim.

CAPÍTULO 20

Passei tanto tempo na cela número sessenta e seis que, quando voltei para o corredor principal, Nolan já havia retornado da visita à sua mãe e estava batendo na porta. Alguma coisa em minha cabeça me diz incessantemente que ele não deveria estar aqui desde que o deixei e que eu não deveria permitir que descesse ao porão comigo, mas empurrei esses pensamentos para lá por um tempo. Não consegui destrancar a porta na última vez que tentei e preciso que ele faça isso por mim.

Fico de pé acima do seu ombro, com o corpo vibrando de excitação como nas últimas vezes em que tentei descer, e bato meu pé impacientemente contra o chão, tentando não gritar para ele ir mais rápido. Parece que Nolan está se movendo em câmera lenta, mesmo que esteja usando o mesmo cabide que usou para abrir o quarto de hóspedes, o mesmo que usei sem sucesso nesta porta no dia em que meu pai bêbado tropeçou escada abaixo e me interrompeu.

O clique da fechadura quase me dá vontade de abraçar Nolan e beijar sua bochecha, mas até mesmo pensar em algo assim faz meu estômago revirar.

Ele se levanta e joga o cabide no chão, gira a maçaneta e abre a porta.

— Tudo bem se você precisar voltar para ficar com a sua mãe, eu posso fazer isso sozinha — garanto, tentando não ser direta demais dizendo a ele que não o quero aqui, que sua presença está ameaçando acabar com a minha empolgação.

Posso ser uma pessoa maldosa e esquisita no fundo, mas pelo menos não sou mal e grosseira. Ele *acabou* de me ajudar com uma coisa sem fazer perguntas, e depois de tudo que soube sobre mim e tudo que me ajudou a descobrir, ele ainda não está correndo na direção oposta por finalmente ter percebido que minha vida é confusa demais.

— Minha mãe está dormindo agora, então não precisarei voltar para dar remédio a ela durante algumas horas. Não vou sair do seu lado, Ravenna, não se preocupe — ele me tranquiliza, se inclinando e beijando minha bochecha.

Fico enjoada com seus lábios quentes contra a minha pele, assim como fiquei quando pensei em fazer isso sozinha, mas me surpreendo completamente que isso também me acalme de alguma forma. Estou tão no limite agora que sinto que a qualquer momento posso deixar meu próprio corpo. A porta está finalmente aberta, e sei com toda a certeza que descer essas escadas me dará as respostas para tudo. Não consigo nem explicar o que estou sentindo. Não consigo explicar como eu sei que o último dos segredos está aqui embaixo, eu só sei.

O beijo de Nolan, embora tenha me dado ânsia de vômito, desacelerou meu coração, então não sinto mais que ele é capaz de explodir. Isso também me impediu de gritar com ele para ficar longe de mim. Eu deveria estar preocupada por ficar mais confortável com ele, mas não tenho tempo para esses pensamentos inúteis agora. Assim como escrevi repetidamente em meu diário, os segredos estão escondidos nas paredes desta prisão e eu sei, sem sombra de dúvidas, que estão escada abaixo, além da escuridão.

— Você pode pegar duas lanternas? — pergunto a ele, apontando distraidamente para a pequena mesa lateral atrás dele e contra a parede ao lado da porta do porão. — Meu pai guarda um monte lá para as visitas, já que só tem uma luz no pé da escada.

Fico olhando atordoada para a frágil escada de madeira que desaparece na escuridão do porão, tão profunda que as luzes daqui de cima não conseguem alcançar. Nolan bate em meu braço com a ponta de uma lanterna e eu me sobressalto ao perceber que ele a estava segurando bem na minha frente enquanto eu olhava lá para baixo.

— *Vamos, vamos para o porão.*

— *Você enlouqueceu? É assustador lá embaixo.*

— *Não é assustador quando você vai com outra pessoa. Vamos lá, tem uma coisa que eu quero te mostrar.*

— *Eu já estive lá antes. Acredite em mim, não há nada que eu não tenha visto.*

— *Você não viu os ossos...*

A conversa da qual me lembrei da última vez que tentei descer ao porão flutua em minha mente, assim como as palavras que li na página do diário anteriormente. Aquela página dava a impressão de que outra pessoa estava me obrigando a ir ao porão, mas a lembrança daquela conversa está perfeitamente clara em minha cabeça. Eu consigo me ver parada neste mesmo lugar, com as mãos nos quadris e um sorriso arrogante no rosto enquanto eu coagia quem quer que fosse a vir comigo.

Pego a lanterna e desço as escadas, torcendo para que o resto daquela memória venha até mim quando eu descer lá.

— Tem certeza de que está bem, Ravenna? Você está respirando com dificuldade e suas mãos estão tremendo — comenta Nolan, suavemente, me seguindo escada abaixo.

— Está me chamando — sussurro. — Eu consigo sentir. Preciso ir lá — sussurro baixinho, sem nem me importar se ele está me ouvindo.

Eu pareço uma louca, sei que sim, mas não consigo impedir que as palavras saiam da minha boca.

"Não desça lá. Você nunca mais vai subir se for lá embaixo."

O aviso que meu pai me deu quando me pegou arrombando a porta do porão de repente me parece um mau presságio, em vez da embriaguez de um homem perdendo a cabeça lentamente após a morte da minha mãe. As palavras se repetem em minha cabeça, ficando cada vez mais altas, até que preciso pressionar minhas mãos contra meus ouvidos para acalmá-las.

— Pare, pare, pare — repito baixinho, e continuo descendo as escadas com a velha madeira rangendo sob meus pés.

Não quero ouvir a voz dele na minha cabeça. Ele é um mentiroso e um idiota por ter ficado com uma mulher que provavelmente nunca o quis e que mentiu para ele sobre minha paternidade. Eu o odeio por ter me afastado toda vez que precisei dele. Eu precisava tanto dele, e ele me jogou fora como se eu não significasse nada.

"Tire-a de perto de mim, não suporto olhar para ela."

"Ela é igual a ele, Claudia. Você não pode mais fingir. Não vou deixá-la nos arruinar como Tobias fez."

"Olha o que ela fez, Cláudia! Ela tem apenas cinco anos e olha do que é capaz! Ela tem que ir, a garota só vai piorar."

"Faça o que for preciso, Dr. Thomas, só não a traga para nenhum lugar perto daqui novamente, a menos que você consiga consertá-la."

Quanto mais rapidamente eu chego ao pé da escada, mais rápido as palavras que ouvi há muito tempo passam pela minha mente, tão rápidas que mal consigo entendê-las. Embora eu tenha aceitado o ódio de meu pai por mim, ainda fico sem fôlego ao lembrar de mais provas desse desgosto e de me dar conta de que isso não começou recentemente. Ele sempre me odiou. Queria que eu fosse embora desde que eu tinha cinco anos.

— Ravenna, você está bem? — pergunta Nolan, preocupado.

Eu o ignoro, descendo mais rápido as escadas até ser engolida pela escuridão no fundo e meus pés saírem dos degraus de madeira pisando no chão frio do porão. Estendo a mão cegamente à minha frente até sentir um pedaço pesado de barbante, e o puxo até que ela acenda a lâmpada nua no teto, iluminando parte do porão.

Minha pele formiga, não devido à umidade fria no ar, mas pela necessidade que sinto de correr até o outro lado do porão. A cada passo que dou mais para dentro deste local abaixo da prisão, mais um pedaço do muro erguido em minha mente é derrubado e desfeito em pó. Lembro-me de ter cinco anos e já ser tomada pelo ódio. Lembro-me de sentir que não pertencia a esta família e, mesmo sendo tão jovem, ainda me lembro da maneira como sempre olhavam para mim: com medo.

A mão de Nolan de repente desliza em volta da minha cintura e ele me puxa de volta contra a frente de seu corpo, me impedindo de ir mais longe.

— Você não precisa fazer isso se for muito perturbador — afirma baixinho, bem perto do meu ouvido. — Sei que você sente que todas as respostas estão aqui, mas talvez devêssemos voltar lá em cima e fazer isso outra hora. Você teve que lidar com muita coisa ultimamente, especialmente tendo descoberto que seu pai é um homem louco. Temo que isso tudo seja demais para você.

Seguro o pulso que está pressionado contra meu estômago e cravo minhas unhas em sua pele para afastar seu braço. Continuo apertando com mais e mais força, mesmo que ele não esteja tentando lutar contra meu aperto. Eu quero machucá-lo por ter chamado Tobias de louco. Quem é ele para julgar um homem que só viu através de uma janela de vidro e com quem nunca falou? Quem é ele para ter uma opinião sobre um homem só porque cometi o erro de contar a ele as coisas que Tobias fez que o colocaram na prisão? Ele não sabe como é difícil ignorar essa necessidade e não sabe como é se sentir morto por dentro até finalmente desistir.

Sinto algo quente e úmido sob meus dedos; quando olho para baixo, vejo sangue escorrendo dos buracos que minhas unhas estão fazendo na pele de Nolan.

— Ai! — ele grita de dor, de repente, afastando seu braço de mim. — Cuidado com as unhas, Ravenna.

Ele diz isso em uma voz provocante com uma pitada de riso, provavelmente para se garantir de que não fará nada para assustar ou perturbar a garota que parece estar desmoronando na frente dele.

Levo minha mão à frente do rosto e encaro as pequenas gotas de sangue que mancham as pontas dos meus dedos, resistindo à vontade de lambê-las até limpá-las. Em vez disso, esfrego meus dedos uns nos outros espalhando o sangue e sinto a tensão lentamente deixando meus ombros.

Solto uma respiração lenta e relaxante, me forçando a me acalmar antes que eu cometa um erro e Nolan acabe fugindo com nojo ou medo. Por mais que eu não o quisesse aqui há alguns minutos, estou feliz que esteja aqui agora. É hora de ele ver quem eu realmente sou.

— Quando esta era uma prisão em funcionamento, toda esta área era usada para confinamento solitário — explico a Nolan, falando baixinho, e começo a andar novamente mais para fundo do porão.

Falar interrompe as memórias, mas por mim tudo bem. Muitos pensamentos e sentimentos estão em guerra dentro de mim, e preciso de um momento para acalmar minha mente antes que tudo se torne demais para eu lidar. Sinto-me como se estivesse à beira de um precipício, oscilando entre querer saber de tudo ou de morrer de medo que isso destrua o que resta da minha alma quando eu finalmente me lembrar. Odeio ter medo. Recuso-me a ter medo e, depois de tudo que descobri sobre minha vida até agora, sei que nada pode me quebrar. Continuo deixando que meus conhecimentos sobre a prisão e fatos aleatórios rolem facilmente pela minha língua, me dando tempo para deixar meu medo de lado.

— Costumava ser dividida em celas pequenas feitas de cerca de arame que iam do chão ao teto, mas devido a um cano estourado há alguns anos, a maioria das cercas foram removidas para que os funcionários pudessem se mover mais facilmente para consertar o que estava quebrado — revelo, em uma voz monótona, parando na frente de uma daquelas celas. — Agora não passa de um espaço aberto e vazio com o piso de pedra original e paredes de pedra em ruínas, com apenas uma cela deixada para as visitações.

— Sinto que só falamos sobre a minha vida. Agora você sabe tudo sobre mim, incluindo minha cor favorita, o que eu como todos os dias e um monte de outros fatos inúteis. Por que nós nunca falamos sobre você?

— Acredite em mim, sua vida é muito mais interessante que a minha. Se eu te contasse sobre a minha vida, você provavelmente teria pesadelos. Se não quer mais falar sobre você, vamos falar sobre esse presídio assustador. Eu sei algumas coisas, mas tenho certeza que você conhece um monte de boas histórias que eu ainda não ouvi.

Paro no meio da minha explicação para Nolan quando outra memória que não consegui frear me atinge. Consigo me ver sentada no edredom rosa, naquele quarto cor-de-rosa horroroso, porém, mais uma vez, não sei com quem estou falando e não consigo me lembrar quais parte das falas são minhas e quais são de outra pessoa.

— Eles ficavam aqui como animais em gaiolas — murmura Nolan, me puxando para longe dos meus pensamentos, e olha para a jaula à nossa frente.

— Basicamente — concordo, continuando minha história. — Mas você precisa se lembrar que eles estavam aqui por terem feito as piores coisas. Aqueles que iniciaram motins na prisão, mataram outros detentos ou até mesmo guardas. A punição era ser jogado no porão, onde não há janelas para deixar entrar a luz do sol e nenhuma privacidade. Eles perdiam a noção do tempo porque estava sempre escuro, e muitos deles enlouqueceram completamente por terem ficado muito tempo aqui embaixo. Eles nem tinham camas, dormiam no chão. Os guardas da época precisavam tornar a situação ruim a ponto de fazê-los pensar duas vezes antes de fazer algo ruim novamente porque a punição era muito severa.

"Eu não teria que fazer isso com você se simplesmente parasse de ser má."

"Isso só vai doer por um minuto. Se você for uma boa menina, contarei mais histórias sobre o lugar onde nasceu."

Minha pele gelada de repente esquenta como se eu tivesse entrado em um inferno ardente. Minha cabeça começa a latejar de dor e até mesmo a lâmpada solitária, que mal emite luz suficiente para ver mais do que alguns metros à nossa frente, fica repentinamente brilhante demais para os meus olhos. Eu os aperto e pressiono minhas mãos nas laterais da cabeça, não querendo nada além de fazer a dor ir embora.

Essa memória decide me dar todas as respostas e consigo ver um homem mais velho se inclinando sobre mim enquanto me amarra a uma mesa. Seu cabelo é grisalho, bem aparado e penteado para trás na testa. Ele está vestindo uma camisa social abotoada até o pescoço, e fico olhando para a pele velha e enrugada que sai do colarinho apertado de sua camisa, sonhando com o dia em que eu for mais velha e mais forte, e puder cortá-la fora com uma faca. Eu o odeio. Sonho em matá-lo todos os dias e imediatamente sei quem ele é, percebendo agora por que, assim que ouvi o Dr. Beall falar seu nome, todas as minhas memórias de dor foram associadas a ele.

"Eu não mereço isso, Dr. Thomas. Nada disso é minha culpa e você vai se arrepender disso. Eu vou garantir que você pague por isso."

— Ravenna? Você está bem?

Ouço a voz de Nolan, mas não consigo abrir a boca para falar. Estou muito ocupada apertando minha mandíbula o mais forte que posso. Dor... Muita dor. Dói em todos os lugares e nunca para.

As ondas de choque elétrico que disparam pelo meu corpo, agulhas subindo e descendo pelos meus braços... Fui forçada a entrar em uma banheira cheia de água gelada e cubos de gelo e ficar sentada lá por horas, amarrada em uma camisa de força e deixada em um quarto escuro como o breu por dias seguidos. Eu passei fome, fui espancada e tantas outras coisas que vêm à tona, me fazendo querer gritar, arranhar a pele do meu rosto e arrancar o cabelo da minha cabeça.

— Ravenna, me responda — Nolan chama novamente, sua voz finalmente invadindo meus pensamentos.

— Eu estou bem. Onde parei? — pergunto calmamente, me afastando da cela e adentrando mais o porão, onde começa a escurecer, pois a única lâmpada na base da escada é incapaz de fornecer luz suficiente para chegar até lá.

— Tem certeza? — insiste, com a voz cheia de medo e preocupação.

Seu medo me envolve como um cobertor quente. Quero que ele tenha medo. Quero que se preocupe com o meu bem-estar. Dei o último passo na beira do precipício e estou caindo tão rápido que ninguém conseguirá me salvar agora.

Os segredos estão escondidos nas paredes deste presídio. Eles irão destruí-la antes de libertá-la.

Eu rio alto, pensando novamente nas palavras que escrevi em meu diário. O resto destes segredos, que estão tão próximos que sinto que sou capaz de tocá-los, podem até tentar me destruir, mas nada pode me atingir. Vivi minha vida no quinto dos infernos e isso só me fortaleceu.

Ligo minha lanterna, aponto o feixe para as sombras à minha frente e a luz ilumina todo o caminho, até a parede no final do porão. Continuo andando até não ter mais para onde ir.

— Há uma porta aqui, mas está camuflada nas pedras — digo roboticamente, minha mão se movendo automaticamente para onde ela precisa ir. — Há um quarto aqui atrás, mas ninguém sabe disso. Foi aqui que coisas ruins aconteceram. Coisas muito ruins.

"Você não viu os ossos. Ninguém lhe contou a história dos homens que morreram aqui embaixo? Como posso saber algo sobre este lugar que você não sabe?"

"Eu deveria imaginar que você ficaria com muito medo de fazer isso. Saia da frente, eu não tenho medo de nada."

"Por que eu estou fazendo isto? Porque eles merecem saber como é perder tudo. Engula a água, respire, feche os olhos e simplesmente se deixe ir. Só vai doer por um momento, e então você estará livre."

— Acho que devemos voltar lá para cima — sugere Nolan, enquanto passo a mão sobre a parede de pedra fria, procurando a maçaneta. — Acho que não devemos abrir essa porta. Alguma coisa com relação a isso não me parece certo.

Ele provavelmente está certo. Abrir esta porta não pode trazer nada de bom, mas eu não posso parar. Sinto que esperei por este momento a vida toda e não posso voltar atrás. A verdade está bem na minha frente, gritando para eu continuar andando, para abrir a porta e me lembrar.

"Você se lembra? Você sabe? T significa morte, morte significa T. Lembre-se de T. Lembre-se!"

Minha mão esbarra na maçaneta e sorrio para mim mesma ao segurá-la, mas paro antes de girá-la.

— Há uma história que foi passada de guarda para guarda durante anos — falo baixinho, deixando a expectativa crescer antes de abrir a porta.

A expectativa é a melhor parte. Lembro-me da última vez em que estive nessa sala. A emoção de finalmente chegar ao fim do meu plano e perceber que só faltava um passo para terminar.

— Atrás desta porta há outro cômodo. Não há muito chão, talvez cerca de um metro e meio no total. Ele desce direto para um subsolo. Nem sei por que eles chamam de subsolo. É do tamanho de qualquer outra cela da prisão, mas não é uma cela. É um buraco. Em 1800, eles não tinham confinamento solitário e celas, eles tinham "O Buraco". Pisos e paredes de terra e algemas fincadas nelas para prender os homens lá embaixo. As algemas eram um exagero, já que o buraco descia cerca de três metros e, uma vez lá dentro, não havia como sair, a menos que os guardas baixassem uma escada de corda.

A porta range quando a abro um pouquinho.

— Algo me diz que essa história não vai terminar bem — comenta Nolan, com uma risada nervosa, tentando aliviar o momento que claramente ficou tenso.

Eu o ignoro e continuo.

— Havia quatro homens algemados lá uma noite, quando de repente começou a chover. Estava torrencial e, antes que percebessem, os guardas notaram que O Buraco estava começando a encher de água. Alguém precisava pegar a escada e descer para retirar os homens, mas já era tarde. Eles tinham família e precisavam fazer a longa viagem de volta para casa para vê-los e certificar-se de que estavam seguros na tempestade que caía em todo o presídio. Eles discutiram. Ninguém queria descer no buraco que se enchia cada vez mais rápido com a chuva que borbulhava do chão. Os homens gritavam, implorando para que alguém os tirasse de lá. Os guardas se viraram, subiram as escadas e, por fim, os gritos pararam. No dia seguinte, quando a tempestade passou, eles desceram as escadas e encontraram o buraco completamente cheio de água, mas lentamente começando a escoar. Ainda assim, ninguém queria descer no buraco, então eles deixaram os corpos lá embaixo e fecharam a porta.

Abrindo a porta o resto do caminho, prendo a respiração em ansiedade. Há algo nesta sala que preciso ver. Algo que eu *preciso* ver. Essa coisa me atrai e move meus pés inconscientemente.

— Então eles deixaram quatro cadáveres aqui. Tipo, para sempre?

Não é de se admirar que as pessoas pensem que este lugar é assombrado. Essa deve ser a parte favorita de todos na visitação.

Nego com a cabeça, movendo a luz da lanterna ao longo do chão aos meus pés, em direção ao cômodo.

— Isso não faz parte da visitação. Ninguém é autorizado a vir nesta sala porque meu pai acha que é muito perigoso. Ele vinha querendo preencher o buraco, mas não teve tempo.

Finalmente aponto a luz da lanterna para a sala e perco o ar de uma só vez quando vejo o que está na minha frente, mas continuo me movendo sala adentro até que meus pés estejam bem na borda.

Um baque alto soa atrás de mim e eu salto, virando para ver o corpo de Nolan cair para o lado com os olhos revirados. Eu me encolho quando sua cabeça bate contra o chão duro e meus olhos lentamente se afastam de seu corpo imóvel para a porta.

Com a luz fraca da única lâmpada do outro lado do porão, só consigo ver um contorno sombreado da pessoa parada na porta com um longo e pesado pedaço de madeira suspenso no ar, que imagino ser a causa do corpo caído e inconsciente de Nolan estar deitado aos meus pés.

Não preciso de uma luz brilhante para saber quem é.

— Meu nome é Ravenna Duskin. Tenho dezoito anos, moro em uma prisão e vou fazer você ver a verdade.

CAPÍTULO 21

— O que você fez? Por que você o machucaria assim? — grito, olhando rapidamente para Nolan para ter certeza de que ainda está vivo.

Mesmo depois de todas as coisas que aprendi sobre mim e mesmo estando enlouquecida agora devido à volta das palavras, memórias, a dor e todas as coisas que eu havia bloqueado, ainda não quero que Nolan realmente morra, não importa quantas vezes eu tenha fantasiado sobre isso.

Estou percebendo, neste exato momento, quando tudo finalmente começa a se encaixar na minha cabeça, que Nolan é a única coisa em minha vida que já me fez sentir calma e normal. Na verdade, nunca serei *realmente* normal, mas ele torna mais fácil fingir que sou e acho que estou começando a gostar disso.

Perceber o lento movimento de subida e descida de seu peito me permite soltar a respiração que estava prendendo e olho para trás, para a pessoa na porta, apontando a luz de minha lanterna naquela direção.

— Eu não posso mais fazer isso, não posso. É demais. Achei que conseguiria, achei que, se agisse como se nunca tivesse acontecido, eu esqueceria, mas não consigo. Você tornou impossível para mim esquecer. Nolan já sabe demais: se ele descobrir tudo, será o fim de nós dois.

Meu pai soluça chacoalhando os ombros e a prancha em suas mãos cai no chão. Observo-o com cautela, sem ter ideia do que está falando e sem confiar nem um pouco nele. Ele estende o braço para o lado e liga um interruptor que esqueci que estava lá, e a pequena sala de repente explode em luz.

— Não adianta mais continuar com essa farsa. Foi uma ideia estúpida e eu deveria saber que não daria certo — ele me diz, seus olhos correndo pela sala, se recusando a me encarar.

Minha frustração com ele cresce em proporções épicas enquanto ele fala comigo com palavras enigmáticas, assim como minha mãe fez antes de se matar, em vez de apenas cuspir o que precisa dizer.

— Mais uma vez, o que você fala não está fazendo sentido nenhum. Fique sóbrio e então talvez possamos conversar sobre todos os segredos e mentiras que giram em torno de você e de que comecei a lembrar — afirmo, cerrando os dentes com tanta força que poderia quebrar um ao meio.

— Eu não bebo desde esta manhã — responde, com tristeza. — Não consegui tomar mais nenhum gole depois de ver Nolan levar você embora no meu carro. Sabia que você estava no meu escritório e que você abriu o cofre. O arquivo foi colocado ao contrário e os papéis dentro estavam na ordem errada. Eu sabia para onde você estava indo e que era apenas uma questão de tempo até que se lembrasse de tudo.

Encaro seus olhos e percebo que ele está me dizendo a verdade. Além de sua voz clara e firme, ele não está fungando e sufocando nos próprios soluços e seus olhos não estão mais perdidos. Eles estão brilhantes e cheios de lágrimas não derramadas, mas claros e não mais cobertos de álcool e tristeza.

— Sua mãe soube imediatamente. Eu podia ver em seus olhos toda vez que ela te encarava, mas ainda assim ela concordou porque pedi a ela. Ela sempre fazia tudo o que eu pedia, porque sabia que tudo o que acontecia era por causa do erro que cometeu. Ela teria feito qualquer coisa para voltar no tempo, até aquele momento de desejo contra o qual ela não pôde lutar, mas não tem como voltar no tempo e consertar seus erros. Você apenas tem que aprender a conviver com eles.

Eu zombo, negando com a cabeça para ele, lutando contra o impulso de pegar a prancha que ele deixou cair e bater em sua cabeça para que ele comece a dizer coisas que fazem sentido.

— Obviamente ela não aprendeu a conviver com seus erros, visto que colocou uma arma na boca e escolheu o caminho mais fácil — eu o lembro.

Ele soluça ainda mais alto, o som me fazendo estremecer e querer cobrir meus ouvidos.

— Sei que você começou a se lembrar das coisas que eu esperava que você nunca se lembrasse. Eu soube naquele dia em seu quarto, quando você me contou sobre os segredos sendo escondidos — ele me diz, respirando fundo para tentar parar o tremor em sua voz. — Eu queria tanto te odiar... Você roubou tudo de mim e, mesmo assim, não consigo te odiar. Você não tinha como evitar o que fez. Nós tentamos te consertar, mas só pioramos as coisas.

Uma risada irritada sai da minha boca e balanço a cabeça para ele com desgosto.

— Sim, eu comecei a me lembrar das coisas. Por exemplo, sobre o Dr. Thomas e as coisas que ele fez comigo. Você tem alguma ideia do que tive que viver com ele? E você me *deu* a ele. Eu tinha cinco anos e você me jogou nas mãos de um homem doente e perturbado que sorria toda vez que me ligava às máquinas de choque elétrico, enfiava agulhas em meus braços para me encher de drogas e todas as outras coisas horríveis que você poderia imaginar. *Você* queria me odiar? Acho que sou eu quem deveria sentir todo o ódio do mundo por você e pela minha mãe.

Jogo a lanterna para o lado, já que não preciso mais dela, percebendo que, por mais que eu queira bater na cabeça dele com ela, ainda estou torcendo para que ele me dê algumas informações de que ainda não lembrei por conta própria.

— Você ainda não se lembra de tudo, não é? Ah, Deus, por favor, Deus, se lembre. Não me faça reviver tudo de novo. É demais. Ah, meu Deus, dói demais! — ele lamenta pateticamente.

— Não se atreva a falar comigo sobre dor! — grito, cortando seus tristes lamentos. —Passei os últimos treze anos da minha vida, dia após dia, sendo submetida a mais dor do que você jamais poderá imaginar.

— *Ah, Deus! Ah, meu Deus, o que você fez? O que você fez?*
— *Eu te dei o que você merece. Estou te mostrando como é a dor de verdade. Você gostou? Isso te faz querer morrer? Ou isso te faz querer matar, como eu sinto?*

Ignoro o meu crânio latejando, forçando a dor de cabeça a ficar longe, porque não tenho tempo para isso. Depois de ter passado semanas confusa e tentando ignorar quem eu realmente sou apenas para fazer meus pais felizes, vivendo pesadelos e memórias nas quais me recusei a acreditar porque elas não combinavam com as mentiras que me contaram, e aprendendo coisas sobre minha vida que me encheram de repulsa... Agora que sei que foi por causa deles que não tenho nenhuma memória da infância feliz que eu merecia, quero aproveitar cada minuto em que meu pai finalmente está sóbrio o suficiente para ouvir as coisas que quero dizer a ele.

"Deve ser bom ter todas essas memórias felizes e fotos que as acompanham. Não tenho uma festa de aniversário desde que eu tinha cinco anos. Você se lembra daquela festa? Provavelmente não. Mas eu me lembro, mesmo que não haja fotos. Acho que o que aconteceu no lago meio que ofuscou a coisa toda."

Minha mão voa até minha cabeça e pressiono a testa o mais forte que posso para parar a dor.

As fotos na sala. Todas aquelas fotos de uma infância normal e feliz. Eu estava em cada uma dessas fotos. Estou em cada um desses momentos congelados no tempo, mas nunca me lembrei de ter estado lá, ainda que houvesse provas. Eu não entendo... Como poderia haver fotos se fui mandada embora com o Dr. Thomas? Minha infância foi cheia de tortura e dor, não de aniversários e normalidade.

— Você me mandou embora com o Dr. Thomas quando eu tinha cinco anos — murmuro, tentando entender a confusão de pensamentos em minha cabeça.

Tudo o que de repente fez sentido alguns momentos antes agora se tornou uma tempestade de pensamentos, girando e passando rapidamente pela minha mente, desgovernados, voando para longe antes que eu possa agarrá-los e colocá-los no lugar certo novamente.

— Sim, no dia seguinte ao seu quinto aniversário. Eu sabia que o que aconteceu no lago era apenas o começo — ele explica. — Você tinha os olhos dele. Embora fossem do mesmo verde lindo de sua mãe, percebi desde o primeiro momento em que olhei para você que estavam vazios e mortos. Iguaizinhos ao de Tobias quando era pequeno. Eu sabia que você cresceria como ele se não fizéssemos alguma coisa.

Fecho meus olhos, apertando-os, e balanço a cabeça para frente e para trás.

— Eu nunca cresci aqui. Morei com ele por treze anos. Nunca voltei, até algumas semanas atrás. Como tem fotos? *Como você tem fotos de mim?* — grito.

Ouço meu pai soluçar e abro os olhos para ver seus joelhos cederem quando ele cai no chão.

— Você tem que se lembrar. Por favor, lembre- se. Apenas acabe com isso de uma vez por todas. Eu não posso fazer isso de novo!

Afasto-me dele, tropeçando nas pernas de Nolan, e apoio minha mão contra a parede para me impedir de cair. Continuo me movendo até que minhas costas batem na parede e eu afundo no chão, olhando para meu pai com a cabeça enterrada nas mãos e continuando a chorar.

— Tire-me daqui! *Por que você está fazendo isso comigo? Eu só tenho sido legal com você! Por favor, não me deixe aqui embaixo, está enchendo de água! Alguém me ajude!*

— *Ninguém vai te ouvir gritar. Assim como ninguém nunca me ouviu gritar durante treze anos.*

Grito quando a dor na minha cabeça piora e enrosco as mãos em meu cabelo, perto do couro cabeludo, puxando para tentar fazê-la parar.

— Meu nome é Ravenna Duskin. Tenho dezoito anos e moro em um presídio — sussurro.

— *Pare com isso!* — meu pai grita de repente.

Eu o encaro e sei que estou de volta à beira do precipício. Pensei que estava caindo antes, mas foi apenas um pequeno salto. Desta vez, quando eu der o último passo, vou chegar ao fundo e me partir em um milhão de pedaços que nunca mais irão se encaixar.

— Meu nome é Ravenna Duskin. Tenho dezoito anos e moro em um presídio — repito, desta vez mais alto.

— *Pare com isso!* — meu pai exclama, mais uma vez. — *Lembre-se, porra! Oolhe para dentro deste buraco e lembre-se!*

Sempre odiei Tanner e Claudia Duskin. Eu os odiei por me entregar e odiava o fato de que o Dr. Thomas achava que era um prazer para mim ouvir histórias sobre eles e suas vidas, vidas das quais eu havia sido retirada. Ele me ensinou sobre o presídio e foi ele quem me contou sobre Tobias. Eu sabia quase tudo antes de voltar para cá, decidida a me vingar. Meu plano estava pronto, mas, para que funcionasse, eu só precisava aprender mais algumas coisas.

— *Não respondi a todas as perguntas? Tenho certeza de que agora você sabe mais sobre mim do que qualquer outra pessoa no mundo.*

— *Você tem razão. Acho que sei tudo o que preciso sobre sua vida e a pessoa que você é. Acho que é hora daquela viagem ao porão que você me prometeu.*

Não, não, não. Isso não está certo. Não pode ser. As paredes desta prisão não estão apenas sussurrando os segredos que esconderam, estão gritando a verdade, e elas sangram, pingando pelas pedras e cobrindo o chão. Eu estava errada. As palavras que escrevi no meu diário estavam todas erradas. As paredes podem ter visto tudo, mas a verdade que vai me destruir está realmente enterrada no chão.

— Meu nome é Ravenna Duskin. Tenho dezoito anos e...

Minha voz falha enquanto meus olhos lentamente se afastam do homem que continua a chorar a alguns metros de distância. Eles se movem pelo chão de pedra aos seus pés até pararem na beira do buraco.

"*Os funcionários estão vindo esta noite para tampar isso. Ah, meu Deus, o que eu faço? Não posso deixá-los ver isso. Eles não podem descer aqui. Vou arranjar uma desculpa. Vou arranjar uma desculpa e fingir que nunca aconteceu. Tudo bem. Tudo ficará bem. Ravenna está bem e tudo ficará bem.*"

Ouço as palavras de meu pai com tanta clareza em minha cabeça que preciso olhar para trás para ter certeza de que ele não está realmente falando. Ainda consigo ouvir o trovão ecoando pelo presídio enquanto ele falava como um louco, andando por esta sala e bolando um plano que eu sabia que nunca funcionaria. Ravenna nunca ficaria bem. Ravenna nunca ficaria bem e ele era o único culpado por isso.

— Meu nome é Ravenna…

Não consigo fazer o resto das palavras saírem. Elas não saem porque meus olhos voltaram para a borda do buraco. O buraco que já não está escancarado e que é um perigo para quem desce aqui. Olho para o grande pedaço de madeira que o cobre, sabendo que não adiantaria nada meu pai tê-lo coberto. É impossível voltar no tempo para consertar seus erros, como ele disse. Jogar isso debaixo do tapete e fingir que nunca aconteceu não vai resolver.

Aconteceu. Eu me certifiquei de que isso acontecesse e de que o meu plano fosse executado perfeitamente. Não tive arrependimentos, nem remorso. Isso fez eu me sentir viva pela primeira vez na minha vida.

"Eu vejo isso em seus olhos, garotinha. Posso sentir isso no ar. Você gosta da maneira como isso faz você se sentir, não é? Você precisa disso apenas para respirar e quer isso apenas para se sentir viva."

Fico de quatro e rastejo lentamente até a borda do buraco, os gritos de meu pai ficando mais altos, seus lamentos de dor ecoando pela sala como o som ensurdecedor de cordeiros sendo abatidos. Meu coração acelera e sinto algo se mexendo dentro de mim. A última peça do quebra-cabeça está bem aqui na minha frente e eu não tenho escolha a não ser pegá-la. Eu quero ver. *Preciso* ver. Eu fugi para a floresta no meio de uma tempestade porque sabia que ele me mataria pelo que fiz. Ele perseguiu, gritou e quase me matou de fato.

— Ah, meu Deus, Ravenna! Meu bebê! Minha pobre bebê! — Meu pai chora atrás de mim.

Pressiono a mão contra a borda da madeira e lentamente a empurro para trás, descobrindo o buraco centímetro por centímetro.

"Eu te amo, Ravenna. Eu te amo mais do que você pode imaginar e sinto muito. Estaremos juntas novamente em breve. Espere por mim."

Ouço as palavras que minha mãe disse para mim na noite em que se matou e não entendo por que ela disse que estaríamos juntas em breve. Não fazia sentido ela querer que eu esperasse por ela em um lugar onde ela iria primeiro.

A madeira é arrastada contra o chão de pedra enquanto continuo a tirá-la do caminho, me recusando a olhar para baixo até o último segundo, deixando a ansiedade crescer até que eu esteja prestes a explodir. Se me inclinar mais para a frente, vou cair, então dou um forte empurrão na madeira e a observo deslizar pelo chão até bater na parede do outro lado da sala.

O buraco está escancarado agora, apenas um grande fosso escuro com chão e paredes de terra, onde costumavam deixar homens para morrer. É um bom lugar para esconder segredos, mas acabei de provar que eles nunca ficam enterrados por muito tempo. A verdade sempre abrirá caminho, gritando para ser ouvida.

— Meu nome é...

Ajoelho-me na beira do buraco e hesito antes de olhar para baixo, mantendo os olhos na parede à minha frente.

— *Olha, caralho!* — grita meu pai atrás de mim, sua voz tão estridente que machuca meus ouvidos. — Pare de repetir esse absurdo e *olha!*

Não vou deixar sua voz me irritar, não desta vez. Faço o que ele diz uma última vez, seguindo suas ordens como uma boa menina, sabendo que o que quer que aconteça a seguir, serão as últimas palavras que ele dirá para mim.

Meus olhos se movem lentamente pela parede, pelos poucos metros de chão de pedra e pela borda do buraco. Eles se movem cada vez mais para baixo, ao longo de quase oito décadas de terra compactada, terra esta que se tornou muito dura depois de ter sido continuamente preenchida de água ao longo dos anos, sempre que chovia muito. Não o suficiente, porém, para esconder as marcas de unhas que consigo ver nas paredes, que se cravaram com tanta força na terra compactada que algumas se soltaram e ainda estão presas lá.

— *Minhas unhas estão quebradas. Por que há sujeira embaixo delas? Por que há arranhões e hematomas em meus braços? O que aconteceu? Por que não consigo me lembrar de nada?*

— *Shhhh, tudo ficará bem, Ravenna. Você sofreu um acidente há alguns dias, mas tudo ficará bem. Apenas feche os olhos e descanse.*

A tempestade naquela noite veio no momento perfeito. Meu plano incluía outras ideias mais dolorosas e horríveis com as quais comecei a sonhar quando tinha cinco anos, mas isso era melhor. Não era minha culpa que eu tivesse excelentes habilidades de nado e nunca tenha tido medo de água. É quase ridículo que algo tão revigorante e purificador, e a única coisa que fazia minha dor desaparecer como forma de recompensas esporádicas por bom comportamento nos últimos treze anos, tenha se tornado o catalisador da dor e da miséria de outra pessoa.

Eu falhei quando tinha cinco anos e eles me mandaram embora.

Finalmente consegui aos dezoito anos, apenas para ser perseguida na chuva, levar uma pancada na cabeça e torcer para morrer pelos meus pecados, pagando-os de uma vez.

É uma pena que eles tenham aprendido da maneira mais difícil que você não pode parar a maldade. Não com tortura, com culpa, nem com mentiras... Talvez não seja algo que alguém possa impedir fisicamente. Talvez não seja algo que possa ser golpeado com um tijolo na cabeça, e definitivamente não é algo que possa ser encoberto com mentiras depois que o tijolo na cabeça não dá conta do trabalho, na esperança de que o mal não se lembre da verdade.

O mal sempre se lembra da verdade.

Já sei o que meus olhos encontrarão quando chegarem ao fundo do buraco. A tempestade em minha mente cessa de repente, deixando cair todas as peças e partes, os fragmentos de memórias e pedaços de conversas em todos os lugares certos, e vejo tudo agora. Lembro-me de tudo e finalmente tenho as respostas para minhas perguntas.

É realmente incrível como a mente funciona e o Dr. Beall estava certo. A mente de uma pessoa a impedirá de se lembrar de certas coisas até que esteja pronta para isso. Até que aquela mente que foi quebrada e torturada repetidas vezes esteja curada o suficiente para finalmente ver a verdade e aceitar o que tentaram fazê-la esquecer.

As coisas nunca mais serão as mesmas.

Nada voltará a ser bom novamente.

Tudo será ruim.

Ruim

Ruim

Ruim.

— Meu nome é...

Paro no meio da frase, me forçando a segurar o resto das palavras um pouco mais, meus olhos parando no fundo do buraco. Agora que posso ver, agora que consigo me lembrar, espero que a ansiedade cresça mais uma vez. Quando eu disser a verdade em voz alta, finalmente estarei livre, e quero saborear a emoção.

Encaro a garota com longos cabelos negros, sempre presos em uma trança apertada. Meus olhos se movem pelo vestido que nunca mais será de um tom brilhante de rosa, mas um marrom feio e opaco coberto de lama, forçado a secar cheio de manchas e marcas deixadas pela água suja que encheu o buraco. Olho para os olhos verdes arregalados que agora se parecem com os do meu verdadeiro pai, e os meus: mortos e vazios.

— Está vendo? — ele choraminga atrás de mim. — Você finalmente se lembra do que fez? *Ravenna! Ai, meu Deus, meu bebê! Eu te amo. Sinto muito!*

Ele grita o nome e suas palavras de amor o mais alto que pode, e agora sei que não está falando de mim. Assim como minha mãe não estava falando de mim quando se desculpou, disse que me amava e implorou para que eu esperasse por ela.

Eles nunca me amaram. Nunca me quiseram. Foi tudo para ela, a menina do fundo do buraco, que ficou com tudo que deveria ser meu. Ela era boa e eu era a má, e sempre seria assim.

Eu falhei quando tinha cinco anos e tentei afogá-la no lago.

Tive sucesso aos dezoito anos e finalmente consegui minha vingança.

— É a minha vez agora, Ravenna — afirmo para a garota no fundo do buraco. A garota que se parecia comigo. A garota que tinha o mesmo sangue correndo em suas veias.

A garota que era boa, quando eu não passava de uma garota má.

De pé ao lado do buraco, viro-me e pego o pedaço de madeira caído no chão entre os dois homens, um ainda inconsciente à direita e outro ainda soluçando com o rosto nas mãos à esquerda. Seguro a madeira com os pregos enferrujados espetados para fora firmemente nas mãos e a levanto acima da minha cabeça, tentando decidir se devo descê-la à minha esquerda ou à minha direita.

Qualquer direção fará eu me sentir bem, então não é como se isso importasse. O da esquerda merece mais, porém saber que ele viverá o resto de seus dias em completa e abjeta miséria é quase mais satisfatório. O da direita me faz hesitar, mas sei que ele nunca será capaz de aceitar a verdade sobre o que aconteceu aqui e sobre o que fiz. Foi bom fingir que eu podia ser normal por um tempo, mas parei de fingir.

— Ravenna, Ravenna, Ravenna — meu pai repete, entre soluços.

— Ravenna está morta. Ravenna não existe — pronuncio, com um sorriso.

Levanto a madeira lentamente acima da minha cabeça e abaixo de uma vez, sabendo que tomei a decisão certa. Puxo a madeira para tirar os pregos ensanguentados do crânio apoiado no chão, abro a boca e finalmente me liberto, levantando a madeira novamente e batendo os pregos de volta no mesmo lugar.

T significa morte, morte significa T. Lembre-se de T. Lembre-se!

— Meu nome é Tatiana Duskin. Tenho dezoito anos e nunca mais viverei em um presídio. Eu finalmente me lembro. Finalmente estou livre.

EPÍLOGO

Verão de 2015

— Você entendeu agora? Tudo faz sentido? — pergunto, com a mente exausta e o corpo sentindo cada pedacinho de seus sessenta e oito anos de idade, depois de tantas horas conversando.

Olho de um lado para o outro entre as duas belezas de cabelos pretos sentadas no sofá na minha frente, imagens espelhadas uma da outra por fora, mas opostas por dentro.

— Passei a vida inteira te pedindo para falar sobre o que aconteceu quando você tinha dezoito anos, e é isso que você inventa quando finalmente está pronta para falar? Uma história ultrajante e mórbida que é completamente absurda. Sinceramente, mãe, é tão difícil para você simplesmente nos dizer a verdade?

Faina joga as mãos para cima com irritação, se levanta do sofá e pega a bolsa do chão a seus pés, voltando seu olhar irritado para a irmã.

— Como você pode ficar sentada aí tão calmamente, Mavra? — ela pergunta.

Mavra dá de ombros e desvia o olhar da irmã. Nós compartilhamos um sorriso e mais uma vez fico um momento em silêncio para olhar para as minhas gêmeas de quarenta anos. Faina significa *luz* em russo e Mavra significa *escuridão*, nomeadas tão perfeitamente quando nasceram, muito antes de eu saber quem elas se tornariam.

Balançando a cabeça, Faina dá a volta na mesinha de centro, se inclina e dá um beijo na minha bochecha, sempre se lembrando de seus modos, mesmo quando está com raiva.

— Sinto muito, mãe, não deveria ter falado tão rudemente com você. Eu te amo.

Ela se levanta em toda a sua altura, puxando a bainha de seu paletó rosa-claro de volta ao lugar e pressionando a palma da mão na lateral da saia rosa-claro que faz conjunto com o paletó. Olha para o relógio no pulso antes de passar a mão contra o lateral da cabeça, certificando-se de que seu coque apertado e perfeitamente puxado para trás ainda esteja intacto e que não haja um fio de cabelo fora do lugar.

— Tenho que estar no tribunal em uma hora e preciso me preparar. Te ligo mais tarde.

Minha linda Faina, a advogada, tão inteligente, boa e perfeita. É incrível que ela tenha vivido até a idade adulta e que eu nunca a tenha sufocado durante o sono quando ela era bebê.

Mavra e eu observamos em silêncio enquanto ela joga a alça da bolsa por cima do ombro e sai da sala, seus saltos batendo nas escadas na descida. Quando ouço a porta da frente abrir e fechar, afasto-me da escada, dando um tapinha no lugar ao meu lado no sofá.

Minha filha se levanta, dá a volta na mesinha de centro, senta com uma perna enfiada embaixo de si e se vira para mim.

— Você não vai gritar comigo também e me dizer que minha história é absurda? — pergunto baixinho.

Ela nega com a cabeça, sua cabeleira preta longa e selvagem em volta dos ombros. Agarra minhas mãos enrugadas, cobertas de manchas da idade, e as segura em suas mãos macias e mais jovens, cobertas de sujeira e arranhões.

— Você nunca mentiu para mim antes, por que começaria agora? — responde, calma.

Minha adorável Mavra, a jardineira. Tão confiante e aberta, nunca escondendo quem ela é ou o que sente, mesmo que a sociedade diga que é ruim.

Passo a ponta dos dedos nos novos arranhões na parte de cima de suas mãos e nas cicatrizes anteriores.

— Parece que você anda brigando com as roseiras de novo — comento, com uma risada.

Ela ri comigo, dando um aperto suave na minha mão.

— Você sabe que não me importo com a dor. Ou com o sangue.

— Especialmente o sangue — acrescento, com um sorriso.

Nós ficamos sentadas em silêncio por alguns minutos e posso ver em seus olhos que ela ainda tem dúvidas.

— Vá em frente e pergunte. Vou lhe contar qualquer coisa que queira saber.

Ela pondera por alguns segundos, organizando seus pensamentos antes de falar.

— Você nunca foi Ravenna?

Nego com a cabeça.

— Você sempre foi Tatiana — afirma.

Concordo.

— Tenho até a certidão de nascimento para provar isso.

— Mas Ravenna era real, não era? — pergunta Mavra.

— Ela era. Por dezoito anos, ela foi tão real quanto eu e você. Tenho até aquela certidão de nascimento para provar, mas a mantenho escondida — respondo, com uma piscadela.

— Vocês eram gêmeas, assim como eu e Faina.

Concordo novamente.

— Assim como você e Faina. Uma gêmea boa, uma gêmea má.

Não me sinto culpada por ter dado às minhas gêmeas os mesmos rótulos que meus pais deram a mim e a Ravenna. A diferença com minhas filhas é que elas sabem quem são desde o momento em que nasceram. Talvez eu sempre tenha sido um pouco mais honesta e aberta com Mavra, porque ela é muito parecida comigo, mas nunca as fiz sentir que não eram igualmente amadas e cuidadas.

— Você empurrou Ravenna para dentro do lago no dia do seu quinto aniversário. Eles nunca te amaram e sempre te fizeram se sentir como se aquele não fosse o seu lugar. Mesmo aos cinco anos, você sabia que ela era boa e você má, e que eles nunca te veriam de outra maneira, então provou que estavam certos — declara.

Não digo uma palavra, deixando-a trabalhar por conta própria.

— Mas você falhou. Alguém entrou e a salvou. Quem era? — ela pergunta.

— Você se lembra da parte da história em que conheci Beatrice Michaels?

Mavra acena com a cabeça e a confusão em seu rosto desaparece.

— É mesmo — ela anuncia, alegremente. — Ela disse que sabia que você voltaria e terminaria o que começou. Disse que o marido puxou aquele corpinho do lago e a resgatou. Então o pai de Nolan salvou Ravenna, sabia de tudo e contou à esposa. Mesmo com ela tão doente e todos aqueles anos tendo se passado, ela ainda se lembrava. Mas espere, como ninguém mais sabia que eram gêmeas? Você morou lá por cinco anos. Certamente alguém que trabalhava lá viu vocês duas.

Nego com a cabeça.

— Meus pais souberam no momento em que saí do útero. Embora Tanner tenha visto com seus próprios olhos que minha mãe e seu irmão tiveram um caso, por nove meses ele ainda teve esperança de que as gêmeas que ela daria à luz eram dele. Ravenna saiu primeiro, pacífica e meiga, parecida com nossa mãe, e ambos suspiraram de alívio. Eu me juntei a eles dois minutos depois, com raiva e gritando, com uma marca de nascença em forma de lua crescente do tamanho de uma moeda de cinquenta centavos na parte superior da coxa, combinando perfeitamente com a que Tobias tinha exatamente no mesmo lugar.

Os olhos de Mavra se arregalam em choque, mas continuo, embora saiba que ela ainda tem dúvidas.

— Meu pai queria se livrar de mim imediatamente. Talvez ele quisesse me matar, talvez quisesse me entregar, mas minha mãe não permitiu — explico. — Nós duas éramos bebês pequenas e inocentes, e ela disse a ele que não tinha como saberem naquele momento como nós nos sairíamos. *"Apenas espere um tempo, Tanner, por favor"*, ela implorou. Ele concordou, mas se recusou a deixar qualquer um saber que éramos duas, só por precaução. Eu e Ravenna nunca podíamos descer ao mesmo tempo. Nunca podíamos sair e brincar juntas... Apenas uma de cada vez, só por precaução.

Mavra fecha os olhos e abaixa a cabeça, processando o que acabei de dizer a ela.

— Embora ele tenha prometido, Tanner nunca conseguia olhar para mim sem pensar em seu irmão e, é claro, na traição de minha mãe. Eu nunca tive chance. Bastaram cinco anos para eu provar que ele estava certo.

Mavra levanta a cabeça para trás.

— Então ele te mandou embora com um homem horrível um dia depois que você empurrou Ravenna no lago. Naquele dia que olhou para a foto de Tanner que estava sobre a lareira, de sua mãe e uma menina de cinco anos, você poderia se lembrar da foto sendo tirada naquela época, mas tudo que lembrava era de gritar, implorar e ser puxada para longe, não de posar para a foto de família.

Minha cabeça balança em confirmação.

— Minha mãe se esqueceu de cancelar a sessão de fotos da família naquele dia. Ela ficou muito chateada e perturbada depois que Ravenna foi retirada do lago e recebeu respiração boca a boca. Minhas memórias do dia em que vi aquela foto quando eu tinha dezoito anos estavam corretas — eu a informo. — O Dr. Thomas estava me arrastando para longe, chutando e gritando, enquanto eles posavam para a foto. Ravenna não estava olhando para a câmera quando o flash disparou porque estava me observando ser levada.

Mavra morde o lábio inferior, franzindo o rosto, pensativa.

— O pai de Nolan contou à esposa sobre vocês duas. Por que ele não contou a mais ninguém? Ele trabalhou lá por anos, de repente descobriu que eram duas filhas em vez de uma, e nunca contou a ninguém? — ela pergunta.

— Tanner era muito bom em ameaçar as pessoas para manter seus segredos. Se o Sr. Michaels não ficasse de boca fechada, ele não teria mais um teto sobre a cabeça ou um salário para alimentar a família — relembro. — Não havia nada que o Sr. Michaels pudesse fazer a não ser seguir suas ordens e guardar seus segredos. Beatrice já havia começado a ficar doente a essa altura e ele tinha um filho de sete anos em quem pensar. Ele não podia perder o emprego ou a casa.

Mavra se afasta de mim para olhar em silêncio para a lareira do outro lado da sala. Deixo que o tique-taque do velho relógio do andar de baixo me acalme com seu som ritmado.

— Você fingiu sua perda de memória o tempo todo? — ela pergunta.

Eu rio e nego com a cabeça.

— Eu era uma boa atriz, Mavra, mas não tanto. Quando o Dr. Thomas morreu de ataque cardíaco, permitindo que eu finalmente me afastasse dele, fui direto para o presídio. Estava planejando aquele reencontro desde o dia em que me mandaram embora. Apareci na porta deles com uma carta forjada do Dr. Thomas anunciando que eu finalmente havia sido curada — explico. — Ravenna estava parada ali no corredor e eles não tiveram escolha a não ser contar a verdade que ela havia esquecido depois de treze anos: que ela tinha uma irmã gêmea que foi mandada embora quando tínhamos cinco anos.

Mavra estreita os olhos, concentrada por alguns momentos antes de virar a cabeça para me olhar.

— Você matou o Dr. Thomas?

Nego com a cabeça.

— Tecnicamente, não, mas certamente não fiz nada para tentar salvá-lo.

De pé acima do homem que me atormentou nos últimos treze anos, sorrio, enquanto ele aperta as mãos contra o peito, os olhos cheios de medo e dor do ataque cardíaco que suponho que esteja tendo.

— Por favor… chame… a ambulância… — gagueja, ofegante.

Entro no corredor sem dizer uma palavra, deixando-o no chão do meu quarto, onde ele desmaiou antes que pudesse me levar para a sala de exames para minha rotina diária de sofrimento. Meus olhos nunca deixam os dele quando levanto o fone pendurado na parede do corredor e disco 0. Mantenho o rosto sem expressão, ouvindo o toque do outro lado da linha por um ouvido e o doutor pelo outro. Quero rir do olhar de alívio em seus olhos ao me observar pela porta, presumindo que sou estúpida o suficiente para ajudá-lo.

Quando minha ligação é atendida e começo a falar, vejo a expressão em seu rosto mudar rapidamente de esperança de que a ajuda esteja a caminho para um pânico de olhos arregalados.

— Sim, operador? Você poderia, por favor, me conectar ao serviço de táxi?

Quando passo o endereço para o táxi que chegará em quinze minutos para me levar à rodoviária, não posso deixar de rir quando desligo e volto para o lado do Dr. Thomas.

Agacho-me ao lado dele e rio de novo quando seu rosto atinge um tom alarmante de vermelho e o suor escorre por sua testa. Colocando a palma da mão contra o lado esquerdo de seu esterno, sinto a batida de seu coração através da minha mão e percebo os segundos entre as batidas ficando cada vez mais longos.

— Não seja covarde, você sabia que esse dia chegaria. Deveria ter passado mais tempo com medo de mim, em vez de me machucando.

A lembrança do dia em que finalmente me livrei do Dr. Thomas desaparece rapidamente quando Mavra fala novamente.

— Você passou as duas semanas seguintes aprendendo tudo o que podia sobre Ravenna — ela afirma lentamente, partes da história finalmente se encaixando. — Você já sabia muito sobre o presídio e sobre como era a vida deles desde que foi levada embora, mas precisava saber mais sobre sua irmã gêmea. Sua cor favorita, o que ela gostava e não gostava, suas atividades diárias… Você fingiu ser amiga dela para que ela lhe desse o resto das informações que você precisava porque…?

Ela para, olhando para mim, implorando que eu termine o pensamento.

— Porque meu plano sempre foi voltar e pegar o que era meu por direito — continuo por ela. — Me livrar da irmã boa e perfeita e tomar o lugar dela. Era a minha vez de ter pais amorosos e uma vida boa. Quando ela estivesse fora de cena, eu deslizaria direto para sua vida e anunciaria para minha mãe e Tanner que Tatiana saiu no meio da noite e as coisas poderiam voltar ao que eram. Infelizmente, as coisas não correram de acordo com o meu plano.

Que garota estúpida, estúpida! Não acredito como foi fácil fazê-la descer até o buraco para procurar ossos que nem estão lá. Enquanto vejo seu corpo flutuando na água da tempestade que rapidamente encheu o buraco, não posso deixar de sorrir.

Observá-la espirrar água e lutar, a água continuando a subir acima de sua cabeça, era divertido. Ouvir seus gritos borbulhantes pedindo ajuda com a água escorrendo em sua boca e ela afundando era música para meus ouvidos.

— O que você? Ah, meu Deus, o que você fez?

A voz de Tanner enche a sala e ele corre para a borda do buraco, olhando para Ravenna, que flutua sem vida na água que começou a baixar.

— Não! Não, Ravenna! Meu bebê, ah, não! — *exclama em alta voz.*

Eu o observo chorar pela filha que amava mais do que eu, me levantando do chão para ficar ao seu lado.

Ele gira a cabeça e sua miséria de repente se transforma em fúria.

— *Eu deveria ter te matado quando você nasceu!* — *grita, saliva voando pelos cantos de sua boca.* — *Você é um monstro! Você é o diabo!* Não vou te deixar se safar dessa!

— Tanner voltou cedo para o presídio — conto a Mavra, afastando a lembrança do que aconteceu naquela noite no porão. — O meu plano era

TARA SIVEC

esconder o corpo para que eles nunca soubessem. Também teria funcionado, se ele não tivesse esquecido a carteira em casa. Ele deixou minha mãe no restaurante e voltou correndo para pegá-la, então viu a porta do porão aberta e desceu para investigar.

Mavra acena com a cabeça, continuando de onde parei.

— E isso explica o *flashback* que você teve quando saiu do esconderijo, aquele em que ouviu Tanner e Ike brigando sobre tampar o buraco — ela anuncia, com um sorriso, satisfeita consigo mesma por ser capaz de juntar tudo. — Tanner ameaçou te matar, e você saiu correndo do porão e se escondeu até que pudesse bolar outro plano.

Eu concordo.

— Poderia ter funcionado se Ike não tivesse me visto no corredor. Quando eu apareci na prisão duas semanas antes, Tanner o encarregou de ficar de olho em mim. Ele não sabia o que eu tinha feito com Ravenna, mas sabia que algo estava acontecendo. Quando saí correndo pela porta da frente, ele gritou para Tanner e disse que eu estava fugindo. Tanner me perseguiu até a floresta e me atingiu na cabeça com uma pedra. Ele pensou que tinha me matado e que tudo tinha acabado.

Mavra cruza os braços e inclina a cabeça para o lado.

— Mas Nolan estava na floresta e carregou você de volta para a prisão. Quando você acordou confusa e sem lembranças, Tanner decidiu fingir que você era Ravenna. Mesmo sem saber do seu plano, ele o colocou em ação, contando para sua mãe que Tatiana tentou machucar Ravenna e depois fugiu. Ele imaginou que, se eles continuassem dizendo que você era Ravenna, você ficaria confusa demais para questionar, mas sua mãe sabia que algo não estava certo.

Ela faz uma pausa por um momento, olhando para mim, confusa.

— Mas o que aconteceu com Ike? Ninguém o viu novamente depois daquela noite?

— Tanner gostava de pensar que eu era o monstro da família, mas ele tinha seu próprio mal à espreita dentro de si — revelo, com um suspiro. — Depois que atingiu minha cabeça, ele se virou para voltar para a prisão e encontrou Ike observando-o. Ele não podia deixar ninguém saber o que havia acontecido, então ele o matou. Pegou a pedra que ainda estava em sua mão, coberta com meu sangue e bateu na cabeça de Ike.

Mavra balança a cabeça com admiração e solta um suspiro profundo.

— Por que você ainda mantém o artigo de jornal sobre aquela última noite pendurado na geladeira? — pergunta.

— Você está brincando comigo? — respondo, com uma risada. — Eu tenho muito orgulho deste artigo. Você faz ideia de como foi difícil criar uma história verossímil tão rapidamente?

Ela nega com a cabeça e revira os olhos espirituosamente.

— Eu realmente não faço ideia de como você fez isso. Você não somente teve que esconder o cadáver de sua irmã gêmea no fundo do buraco, mas também teve que explicar o cadáver no chão cheio de buracos de pregos e sangue jorrando.

Paro um momento para voltar no tempo e me lembrar daquela noite. Eu não estava com medo ou com remorso, estava feliz por finalmente poder respirar. Sempre soube que tinha tomado a decisão certa naquela noite, mesmo apesar de um breve momento de hesitação. Sabia que, quando Nolan acordasse e descobrisse a verdade, ele nunca entenderia e nunca seria capaz de aceitar quem eu era.

Ainda segurando o pedaço de madeira em minhas mãos, deixo escapar um suspiro profundo e satisfatório, limpando algumas manchas de sangue da minha bochecha. Olho para a bagunça que fiz, desejando que pudesse tirar uma foto e emoldurá-la. Outro grito estridente ecoa pela sala, seguido por um suspiro de dor. A madeira cai no chão e minha cabeça vira na direção do barulho. Rapidamente formulo um plano e reúno algumas lágrimas antes de correr para o lado dele, caindo de joelhos.

— Ah! Graças a Deus! Ah, Nolan, eu estava com tanto medo de que ele tivesse te matado — choro, o abraçando e o ajudando a se sentar.

Ele geme de dor novamente, pressionando a mão na nuca e afastando-a rapidamente para olhar o sangue vermelho brilhante que cobre a palma de sua mão.

— O que diabos aconteceu? Eu lembro de termos entrado aqui e você estava me contando uma história — ele fala, entre gemidos de dor. — Algo sobre uns caras que morreram aqui em 1800. Não me lembro de nada depois disso.

Abraço sua cintura firmemente e o ajudo a ficar de pé, observando seus olhos pousarem no corpo de Tanner atrás de mim, o sangue escorrendo pela lateral de seu rosto e se acumulando no chão, perto de sua boca.

— Que merda é essa? Ah, não! Ravenna, ah meu Deus, o que aconteceu com ele? — choraminga Nolan.

Franzo o rosto em falsa angústia, forçando as lágrimas que juntei em meus olhos a escorrerem pelo meu rosto.

— Ah, Nolan, foi horrível! Foi Tanner quem deu a pancada em sua cabeça. Ele ficou louco, Nolan, completamente louco — soluço, adicionando algumas fungadas como garantia. — Eu estava tão preocupada com você, e então ele veio até mim, tentando me fazer cair no buraco — digo a ele. — Eu pensei que sabia de tudo, mas estava errada, Nolan. Nós dois estávamos errados. Eu me afastei dele, mas ele continuou vindo até mim, gritando a verdade e me contando tudo.

Nolan me abraça, me afastando do corpo de meu pai.

— Shhh, está tudo bem. Está tudo bem agora. Não olhe para ele, olhe só para mim — sussurra suavemente.

De repente, é fácil fazer as lágrimas caírem, porque estou chateada e frustrada. Não quero parar de olhar para o cadáver de Tanner. Quero olhar, rir dele e talvez chutá-lo no estômago só porque agora eu posso.

— É muito pior do que pensávamos, Nolan. Eu consegui passar por ele e agarrei o pedaço de madeira que ele deixou cair. Eu não queria fazer isso, juro. Ele ia me matar! Ah, meu Deus, ele ia me matar! — eu choro, pressionando o rosto em seu peito, finalmente conseguindo sorrir agora que meu rosto está escondido.

Nolan esfrega minhas costas, movendo nós dois para longe do buraco e para fora do cômodo. Suspiro de alívio por ele ter feito exatamente o que eu esperava que fizesse, em vez de ir até a beira do buraco e olhar para baixo.

— Eu vou te tirar daqui — ele me diz e atravessamos o porão, subindo as escadas. — Eu vou chamar a polícia assim que chegarmos lá em cima. Você pode me contar tudo enquanto esperamos por eles. Preciso ver minha mãe, mas não quero te deixar.

Quando chegamos ao topo da escada, eu saio de seus braços e deslizo minhas mãos nas dele.

— Eu vou ficar bem agora que estou aqui em cima, prometo — asseguro a ele, enxugando as lágrimas e fazendo uma expressão corajosa, consciente de que eu seria uma ótima atriz de Hollywood. — Vou chamar a polícia enquanto você vai ver sua mãe.

Ele hesita e olha para mim, seu rosto cheio de preocupação.

— Nolan, estou bem agora, eu juro. Eu nunca me perdoaria se você ficasse aqui e algo acontecesse com sua mãe — afirmo, com um aceno de cabeça triste e perfeito.

— Eu nem sei quanto tempo a deixei sozinha. Ela provavelmente precisa comer e tomar o remédio, e depois vou precisar ficar sentado lá até ela dormir para garantir que vai fazer bem a digestão — explica.

— Tudo bem. A polícia vai demorar um pouco para chegar até aqui de qualquer maneira. Eu vou subir e descansar no sofá até eles chegarem. Sem pressa. Eu vou ficar bem — tranquilizo-o.

Com um beijo rápido na minha bochecha, ele se vira e vai pelo corredor até a porta da frente. Ele me dá um último olhar questionador por cima do ombro antes de sair pela porta.

— *Vá, eu vou ficar bem — garanto.*

Assim que a porta se fecha atrás dele, eu me viro e corro o mais rápido que posso, descendo as escadas para o porão.

— Você realmente é um gênio do mal — diz Mavra, com uma risada, me tirando de minhas memórias. — Não acredito que você conseguiu jogar um monte de pedras pesadas no buraco para mantê-la no fundo, arrastou uma mangueira até lá e encheu o buraco com água suficiente para cobrir o corpo.

Viro a cabeça para a direita em direção a cozinha e sorrio quando vejo o velho e desbotado artigo de jornal sustentado por um ímã amarelo com uma carinha sorridente.

— A corajosa mulher de dezoito anos que suportou o pesadelo e viveu para contar a história — profiro, em voz alta.

Minha visão não me permite ver muito além de alguns metros à minha frente, mas não preciso ver o título do artigo para repeti-lo.

— Agora você sabe por que guardei o artigo por todos esses anos — eu digo a ela, desviando o olhar da geladeira e voltando a olhar para minha filha. — Não é como se eu pudesse dizer às pessoas que sou um gênio do mal, então eu queria ter certeza de que sempre teria um lembrete.

Sou presenteada com outro revirar de olhos de Mavra.

— Embora eu tenha lido esse artigo tantas vezes ao longo dos anos, agora que sei o que realmente aconteceu, estou completamente surpresa. Você foi capaz de explicar tudo para que a polícia não a condenasse por assassinato e deu a Nolan algo que ele pudesse acreditar e entender — afirma ela. — Todos eles acreditavam que você realmente tinha uma irmã gêmea e o nome dela era Ravenna, o que a permitiu que você seguisse em frente usando seu nome verdadeiro, Tatiana. Eles até acreditaram que ela morreu quando vocês duas tinham cinco anos de idade, afogada no lago.

E, além disso, com a declaração de Nolan confirmando o comportamento estranho de seus pais em relação a você nas últimas semanas, eles até acreditaram que seus pais estavam tão perturbados com a morte de sua filha Ravenna que passaram os treze anos seguintes tentando transformá-la nela e fingindo que nunca aconteceu. E a cereja do bolo foi a história da terapia de choque elétrico para fazer você esquecer que teve uma irmã gêmea.

Eu sorrio, feliz por minha filha reconhecer o quanto foi difícil inventar tudo isso, enquanto ao mesmo tempo eu tentava esconder o cadáver de minha irmã para que ele nunca fosse encontrado.

— Não se esqueça, Tanner *supostamente* descobriu duas semanas antes do meu acidente na floresta que as gêmeas a quem sua esposa deu à luz dezoito anos antes não eram realmente dele, mas o produto de um caso que ela teve com seu irmão, que estava trancado em uma cela em seu próprio presídio, bem debaixo de seu nariz — acrescento, recitando mais do artigo.

— Isso mesmo — responde Mavra. — Uma explicação perfeita e que Nolan poderia, mais uma vez, confirmar para a polícia, explicando por que você começou a agir de maneira tão diferente duas semanas antes da noite na floresta e por que seu pai de repente se comportava como se a odiasse.

— E então, é claro, temos a noite na floresta, quando Nolan me encontrou no chão, com a cabeça sangrando, durante uma tempestade — eu continuo. — Tanner, já um pouco desequilibrado depois de anos tentando fazer uma filha tomar o lugar da outra morta, enlouqueceu quando sua esposa admitiu a verdade e me perseguiu pela floresta. A polícia queria saber por que ele fez isso, mas eu só chorava. Não poderia dizer a eles o porquê. Não sabia se ele queria me matar ou apenas me machucar porque estava com muita raiva. E eu nunca saberia, já que ele estava morto. *Ah, meu Deus, me ajude, toda a minha família está morta. Eu não queria matá-lo; vocês têm que acreditar em mim, oficiais! Ele estava com raiva e não parava de vir em minha direção, e eu sabia que se não fizesse alguma coisa, ele me empurraria direto para dentro daquele buraco cheio de água!*

Eu me lamento, enxugando as lágrimas falsas do meu rosto, e Mavra bate palmas lentamente.

— Bravo, mãe, bravo — ela me elogia.

Ela fica quieta de novo, e vejo o sorriso desaparecer de seu rosto.

— Basta perguntar, Mavra. O que quer que esteja pensando, é só perguntar — eu a lembro.

Ela solta o ar com os lábios frouxos.

— Sei que você disse que nunca mentiria para mim, mas você nos contou a verdade sobre o nosso pai?

Sempre me perguntei por que essa dúvida nunca surgiu antes, de nenhuma das minhas meninas. Eu fiquei sinceramente chocada por elas terem aceitado minha explicação como uma verdade absoluta. Dou um tapinha reconfortante no joelho de Mavra, me sentindo mal por ela provavelmente ter guardado essa pergunta por trinta anos e por minha decisão de finalmente contar tudo a elas hoje ser a única razão pela qual ela finalmente está perguntando. Eu poderia contar a verdade que ela está buscando e esperar que isso não a fizesse me odiar ou olhar para mim de maneira diferente, ou poderia manter a palavra no que disse a elas quando tinham dez anos, mesmo sendo egoísta da minha parte.

— Sim, tudo que te contei sobre seu pai era verdade — confirmo. — Eu tentei, realmente tentei, Mavra. Tentei por dez anos ter uma vida normal e ser uma pessoa normal, escondendo a maior parte de mim do meu marido, e isso se tornou demais para mim. É verdade que ele saiu e nunca olhou para trás quando pedi para ele ir, mas não o culpe. Nunca o odeie por ter ido embora. Ele era um homem bom e gentil, e um pai maravilhoso para você e Faina. Seu único defeito era sempre fazer tudo o que eu pedia, mesmo que isso incluísse deixar as próprias filhas para trás.

Mavra solta um suspiro aliviado e eu me asseguro de que fiz o que tinha que fazer. A verdade só iria machucá-la.

— Me conte de novo — peço, de pé na cozinha, com as mãos cruzadas atrás das costas.

Nolan para de fazer um sanduíche e se vira para mim.

— De novo? Você não está ficando cansado de ouvir isso?

Ele ri, limpando as mãos na calça jeans antes de atravessar a cozinha para ficar bem na minha frente.

— Nós estamos casados há dez anos, Tatiana. Você viveu um inferno e saiu dele mais forte do que eu jamais seria capaz de acreditar. Você deu à luz nossas duas lindas meninas e assumiu a administração de Gallow's Hill sozinha. Sobreviveu a tudo isso e, ainda assim, nunca acredita no que eu te digo.

Ele sorri para mim para deixar claro que não está nem um pouco bravo por fazer esse pedido novamente, provavelmente pela centésima vez. Nolan estende a mão e afasta uma mecha de cabelo do meu rosto e eu cerro os dentes, me forçando a não me encolher com seu toque.

— Por favor, uma última vez, eu prometo — afirmo, fitando seus olhos azuis que brilham para mim com tanto amor e devoção que é quase difícil de acreditar.

Ele segura meu rosto em suas mãos.

— Só se você pedir — ele sussurra, baixinho.

— Me diga quando você se apaixonou por mim — devolvo.

Nolan responde imediatamente e sem hesitação:

— Eu me apaixonei por você no primeiro momento em que te vi, de vestido bufante, cabelo puxado para trás, atitude esnobe e tudo o mais. Passei dois anos amando você de longe e foi a melhor coisa que já fiz.

Fecho os olhos e suspiro, fingindo alívio. Faço a mesma pergunta a ele desde que tinha dezoito anos e sua resposta nunca mudou. Tentei tanto ser uma boa esposa para ele. Tentei tanto fazer isso funcionar e ter uma vida normal, mas é simplesmente impossível. Não posso mais viver assim.

A resposta de Nolan à minha pergunta sempre será a mesma e eu sempre me pergunto se ele amava Ravenna mais do que me amava. Foi ela quem ele viu em seu primeiro dia de trabalho. Foi ela a quem ele amou de longe por dois anos, não eu, embora minhas mentiras cuidadosamente construídas o tenham levado a acreditar que era eu o tempo todo.

Se Ravenna estivesse viva hoje e ele nos conhecesse, ainda assim me escolheria?

Não posso viver com perguntas sem resposta. Preciso sempre saber a verdade, e essa é uma verdade que nunca saberei.

Abro os olhos e sorrio para o meu marido. Meu marido bobo, ingênuo e sem noção. Peço desculpas mentalmente a Faina e Mavra, grata por elas estarem na escola o dia todo hoje.

— Feche os olhos, Nolan, eu tenho uma surpresa — sussurro baixinho.

Ele faz o que peço, como sempre, seus olhos azuis desaparecendo sob suas pálpebras, um sorriso congelado em seu rosto.

— Eu tentei, eu realmente tentei — digo, baixinho demais para ele ouvir.

Dou um passo para trás e levanto o martelo sobre minha cabeça.

— Obrigada por me contar a verdade sobre papai — diz Mavra, preenchendo o silêncio na sala e mais uma vez me afastando de minhas memórias.

— Sempre meu amor. Sempre — respondo, ainda me perguntando por que ela tem um olhar confuso em seu rosto. — Por que eu tenho que ficar te lembrando de perguntar o que quer saber, Mavra? — pergunto, com uma risada.

Ela solta um suspiro profundo.

— Juro que esta é a última coisa. Eu simplesmente não entendi ainda. Sua mãe deu à luz gêmeas, ambas de um homem que não era seu marido. Como eles podiam amar tanto uma e odiar tanto a outra? — Mavra pergunta. — Só por causa de uma marca de nascença boba?

Esta é a parte que eu estava esperando desde que terminei de recontar a história para minhas filhas. Eu sabia que Faina nunca acreditaria e iria embora furiosa, e sabia que isso não me incomodaria. Não importa se ela acredita em mim, porque eu sabia que Mavra acreditaria e faria todas as perguntas certas.

— A ciência percorreu um longo caminho desde 1965, meu amor. Ainda assim, depois daquela noite no porão, voltei para ver Tobias. Eu o visitava sempre que podia — explico, com um sorriso iluminando meu rosto quando penso em todas as conversas que tivemos ao longo dos anos, sentada atrás de um pedaço de vidro, nunca sendo capaz de segurar sua mão como minha filha está segurando a minha agora. — Embora eu soubesse em meu coração que ele era meu pai, passei muitos anos com perguntas sem resposta e me recusava a viver assim novamente. Eu precisava saber a resposta para aquela última pergunta. Felizmente, no início dos anos 1960, os testes de paternidade se tornaram altamente precisos. Pedi a Tobias para fazer um exame de sangue e ele concordou. Demorou vários meses para obtermos os resultados, mas eles confirmaram o que eu sempre soube. Tobias Duskin era de fato meu verdadeiro pai.

Consigo ver a admiração no rosto da minha filha, em seus olhos arregalados e na forma como seus lábios formam um O. Se ela fica encantada com um simples exame de sangue, a última informação que resta certamente fará sua cabeça explodir. Minhas mãos tremem de ansiedade, mas eu espero, deixando a expectativa crescer, e saboreio o momento até que ela faça a última pergunta.

— Ok, eu sei que você explicou que a marca de nascença era a razão de Tanner não ter conseguido te amar, mas ainda estou confusa — diz Mavra.

A emoção é quase demais para o meu velho coração, mas sei que valerá a pena esperar. — Ainda não entendo por que eles ficaram com Ravenna e entregaram você para ser criada, testada e torturada por um homem que pensou que poderia livrá-la de seus pensamentos ruins — afirma, com a frustração crescendo em sua voz. — Mesmo que você a tenha empurrado para dentro do lago, mesmo que eles achassem que isso significava que você seria exatamente como Tobias, como eles poderiam ter certeza de que Ravenna não terminaria da mesma maneira? Como Tanner podia amá-la tanto e nunca ver seu próprio irmão olhando para ele ao olhar nos olhos dela, e não sentir igualmente traído quando olhava para você?

Fecho os olhos e respiro fundo, saboreando o momento, deixando-a mergulhada na confusão por mais alguns segundos. Abrindo-os novamente, eu sorrio e termino minha explicação.

— Você já ouviu falar na palavra "superfecundação?" — pergunto.

Sei que Mavra é muito inteligente, mesmo que ela tenha feito um mochilão pela Europa, em vez de ter estudado e feito faculdade de direito, como sua irmã. Sei que é incrivelmente esperta, embora passe os dias no quintal, em vez de discutindo casos no tribunal. Passei quarenta anos me surpreendendo constantemente com minhas duas filhas e talvez com um pouco de inveja por elas serem muito mais espertas do que eu na idade delas. É bom finalmente saber algo que ela não sabe.

Depois de alguns minutos de profunda concentração, Mavra finalmente suspira aborrecida e balança a cabeça.

— Não faço ideia do que é. Nunca ouvi falar disso antes.

Dou um tapinha em sua mão em solidariedade.

— Não se sinta tão mal. Tenho certeza de que poderíamos contar nos dedos quantas pessoas no mundo sabem o que essa palavra significa.

Sentar no mesmo lugar por tanto tempo fez meus ossos e articulações doerem, então mudo para uma posição mais confortável, e me viro para encarar Mavra com o ombro apoiado contra o encosto do sofá.

— Sabia que ainda tenho uma caixa no sótão com alguns objetos pessoais de Tanner e Ravenna? — indago.

— Acho que você pode ter mencionado isso uma vez. Acho que, quando eu era pequena, precisava de uma foto da minha avó para um trabalho da escola e você me levou até lá para pegar — lembra Mavra.

— Nem sei por que guardei algumas das coisas. Eu provavelmente só peguei coisas aleatórias para guardar e joguei o restante deles fora —

murmuro. — Na época, nunca imaginei que as coisas que guardei seriam úteis tantos anos depois, quando houvessem tantos avanços incríveis da ciência.

Mavra presta atenção em cada palavra minha e me certifico de pronunciá-las bem para que possa sentir o máximo de prazer possível com isso. Tenho sessenta e oito anos e, a essa altura, me agarro a qualquer chance que encontro de me emocionar, mesmo que às custas do temperamento de minha filha.

— Embora o teste de DNA já existisse desde o final dos anos 70 até meados dos anos 80, não era algo que você podia solicitar tão facilmente, a menos que estivesse na aplicação da lei — explico. — Por volta de 2008, foi inventado um pequeno teste onde você poderia enviar amostras de cabelo para um laboratório para obter resultados de DNA. Gostaria de saber os itens que por acaso eu ainda tinha guardados em uma caixa no sótão em 2008?

Mavra mantém a boca bem fechada, embora eu tenha certeza de que ela já sabe a resposta, me permitindo ter o meu momento.

— A escova de cabelo rosa-clara de Ravenna e a marrom de Tanner — termino, com um sorriso.

A boca de Mavra abre e fecha como um peixe fora d'água.

— Ok, mas o que isso tem a ver com superfecun... Seja lá qual foi a palavra que você disse, e por que você precisava de outro teste de DNA se já tinha os resultados do exame de sangue que diziam que Tobias era pai de vocês?

Largo as mãos dela e coloco as minhas em meu colo.

— A superfecundação é a fertilização de dois óvulos de dois doadores de esperma diferentes. Não houve muitos casos documentados e os que foram tornados públicos sempre resultaram em gêmeos bivitelinos, não gêmeos idênticos.

Faço uma pausa e espero que a peça se encaixe.

— Entendeu agora? Tudo fez sentido? — sussurro, repetindo as mesmas perguntas que fiz quando terminei de contar minha história para as meninas.

— Ah, meu Deus — Mavra murmura. — *Ah, meu Deus!*

Sua voz fica mais alta e não posso deixar de rir.

— Eu só... *Ah, meu Deus!* — ela grita novamente.

Levanto a sobrancelha e deixo que ela termine. Já me diverti o suficiente hoje.

— Tobias era seu pai e Tanner era pai de Ravenna — diz Mavra, balançando a cabeça com admiração. — Vocês provavelmente eram gêmeas bivitelinas, mas, como Tanner e Tobias eram exatamente iguais, mesmo com a diferença de idade de dois anos, vocês nasceram idênticas, com exceção de sua marca de nascença.

Vejo Mavra deitar a cabeça no encosto do sofá e olhar para o teto.

— Acho que minha mente explodiu, sério — ela murmura.

Eu rio, descansando a cabeça no encosto do sofá, assim como minha filha.

— Você mentiu sobre uma coisa — ela diz, ainda olhando para o teto.

Viro a cabeça e estudo seu perfil, confusa. Ela rapidamente faz o mesmo e agora é a vez dela de sorrir.

— Seu nome é Tatiana Duskin, e você *ainda* vive em um presídio — comenta, seu sorriso crescendo até que ela começa a rir.

Para provar seu argumento, a campainha do andar de baixo escolhe aquele momento para tocar.

Mavra se levanta do sofá suspirando, estendendo a mão para me ajudar.

— Não acredito que você ainda oferece visitações por este lugar — diz, e saímos da sala de estar nos aposentos familiares de Gallow's Hill e descemos as escadas.

— Para onde mais eu iria depois que minha família se foi? — pergunto, descendo as escadas com calma para não cair. — Além disso, eu era capaz de contar a história deste lugar de trás para frente já aos dez anos de idade. Foi um exercício divertido que o Dr. Thomas me deu nos intervalos entre as sessões de terapia de choque.

Quando chegamos ao andar de baixo, Mavra desliza a mão pelo meu braço e caminhamos juntas até a porta. Fazendo uma pausa antes de abri-la e cumprimentar o grupo de visitantes, eu me viro para encará-la, descansando minhas mãos em seu rosto.

— Eu te amo, Mavra Michaels, minha filha perfeitamente má e linda — afirmo, me inclinando para dar um beijo em sua testa.

— Eu também te amo, minha mãe louca e incrivelmente má — responde, com um sorriso, quando me afasto.

— Diga àquele seu marido que a sogra dele mandou um oi. Acho um pouco estranho que eu não o veja há alguns meses.

O canto de sua boca se ergue em um sorriso arrogante, muito parecido com o de meu pai e exatamente como o meu.

— Engraçado, também não o vejo há alguns meses — responde, encolhendo os ombros casualmente. — Certifique-se de verificar a roseira amarela no lado sul da propriedade. Elas estão crescendo como loucas. Deve ser aquele fertilizante novo que eu usei.

Mavra pisca para mim antes de abrir a porta da frente.

— Olá, bem-vindo a Gallow's Hill! Meu nome é Mavra e sou a zeladora-chefe. Esta adorável senhora será sua guia turística — anuncia Mavra, apontando em minha direção. — O nome dela é Tatiana Duskin. Ela tem sessenta e oito anos e vive em um presídio.

FIM

Partes de *Soterrada* são ligeiramente baseadas na história do Reformatório do Estado de Ohio. Se você gostaria de conhecer este presídio histórico on-line, ou parar para uma visita caso esteja na área de Mansfield, Ohio, você pode conferir aqui:

Site: http://www.mrps.org/

Facebook: http://on.fb.me/1TVsHcv

AGRADECIMENTOS

Obrigada ao meu marido, James. Você acreditou nessa história no momento em que comecei a divagar sobre isso durante nossa visita à prisão, e passei as duas semanas seguintes falando incessantemente. Obrigada por passar a noite inteira lendo os capítulos enquanto eu escrevia, gritando comigo por enviar apenas um de cada vez e me acalmando quando passei três horas seguidas chorando. Obrigada por me amar, obrigada por apoiar tudo o que faço e obrigada por ser meu maior fã.

Um agradecimento nunca será suficiente para Stephanie Johnson e Michelle Kannan. Obrigada por estarem sempre presentes com apoio e ameaças a quem ousar não gostar de algo que escrevi! Amo vocês mais do que as palavras podem expressar e sou abençoada por chamá-las de minhas amigas.

Um grande obrigada, um abraço e a promessa de dar a você minha primogênita (não se preocupe, ela lava a roupa e a louça) para Aleatha Romig, por ser a melhor líder de torcida do mundo e por ter me ajudado depois que meu ataque de choro passou. Obrigada pelos conselhos, pelo ombro para chorar (gritar, xingar, etc.) e por me receber no lado sombrio da força.

Obrigada a todos os fãs que me acompanharam nessa jornada louca e sempre me permitem ouvir as vozes da minha cabeça!

Um *enorme* obrigada a Erick Olic e ao restante dos funcionários do Reformatório do Estado de Ohio. Nossa visita privada foi a principal razão pela qual essa história finalmente veio à tona depois de dois anos pensando sobre isso. Obrigada por terem me ajudado a trazê-la à vida e por terem me dado acesso especial à prisão para fotos!

Por último, mas não menos importante, agradeço à minha fotógrafa Delia D. Blackburn e à minha modelo na sessão de fotos, Karolina Galuszynski. Você trouxe essa história à vida de uma maneira que eu nunca poderia ter imaginado!

A The Gift Box é uma editora brasileira, com publicações de autores nacionais e estrangeiros, que surgiu no mercado em janeiro de 2018. Nossos livros estão sempre entre os mais vendidos da Amazon e já receberam diversos destaques em blogs literários e na própria Amazon.

Somos uma empresa jovem, cheia de energia e paixão pela literatura de romance e queremos incentivar cada vez mais a leitura e o crescimento de nossos autores e parceiros.

Acompanhe a The Gift Box nas redes sociais para ficar por dentro de todas as novidades.

 www.thegiftboxbr.com

 /thegiftboxbr.com

 @thegiftboxbr

 @GiftBoxEditora